HORA do
MEDO

HORA do MEDO

Denio Maués

Ivan Jaf

Manuel Filho

Shirley Souza

Conde Drácula
e outros vampiros

Este livro segue as normas do novo
ACORDO ORTOGRÁFICO

Ilustrações de Camila Torrano

PANDA BOOKS

© Ivan Jaf, Denio Maués, Manuel Filho e Shirley Souza

Diretor editorial
Marcelo Duarte

Diretora comercial
Patty Pachas

Diretora de projetos especiais
Tatiana Fulas

Coordenadora editorial
Vanessa Sayuri Sawada

Assistentes editoriais
Lucas Santiago Vilela
Mayara dos Santos Freitas

Assistentes de arte
Alex Yamaki
Daniel Argento

Concepção e coordenação da coleção
Carmen Lucia Campos
Shirley Souza

Projeto gráfico e diagramação
Shiquita Bacana Editorial

Preparação
Liliana Pedroso

Revisão
Rita Narciso Kawamata

Impressão
Corprint

CIP – BRASIL. CATALOGAÇÃO NA PUBLICAÇÃO
SINDICATO NACIONAL DOS EDITORES DE LIVROS, RJ

Conde Drácula e outros vampiros/ Ivan Jaf... [et al.]; ilustrações Camila Torrano. – 1. ed. São Paulo: Panda Books, 2013. 104 pp. il. (Hora do Medo; 3)

ISBN: 978-85-7888-306-5

1. Ficção fantástica. 2. Literatura infantojuvenil brasileira.
I. Jaf, Ivan, 1957-. II. Torrano, Camila. III. Série.

13-03540
CDD: 028.5
CDU: 087.5

2013
Todos os direitos reservados à Panda Books.
Um selo da Editora Original Ltda.
Rua Henrique Schaumann, 286, cj. 41
05413-010 – São Paulo – SP
Tel./Fax: (11) 3088-8444
edoriginal@pandabooks.com.br
www.pandabooks.com.br
twitter.com/pandabooks
Visite também nossa página no Facebook.

Nenhuma parte desta publicação poderá ser reproduzida por qualquer meio ou forma sem a prévia autorização da Editora Original Ltda. A violação dos direitos autorais é crime estabelecido na Lei n° 9.610/98 e punido pelo artigo 184 do Código Penal.

Sumário

7. Vampiros e o medo ao longo do tempo

Ivan Jaf

11. Como uma noite de inverno
21. Ciúme em Paquetá

Denio Maués

33. Um garoto de cem anos
41. Meu vizinho é um vampiro

Manuel Filho

59. A mãe vampira
69. O dente do vampiro

Shirley Souza

81. Sombrio
91. Respeitável público

vampiros
e o medo ao longo do tempo

O sangue esteve presente nos mais longínquos rituais humanos e chegou ao altar de muitas das religiões antigas pelo sacrifício de pessoas ou de animais, sempre como um símbolo de força e de vida.

Essa relação entre sangue e vida foi estabelecida por diversas civilizações, e muitos seres míticos e divinos, que se alimentaram dele, antecederam os vampiros e apavoraram os povos de todo o mundo.

Nas antigas Babilônia e Assíria, demônios sanguinários devoravam a carne e bebiam o sangue dos humanos.

Para os hebraicos, a ameaça vinha de anjos caídos que tomavam o sangue de homens e mulheres, transformando-os em seus amantes.

Na mitologia grega, diversos seres sugavam o sangue e a vitalidade de suas vítimas. Empusa era um espectro, de aparência demoníaca, capaz de transformar-se em uma bela jovem para seduzir os homens e assassiná-los para alimentar-se.

A lâmia era outro ser hematófago, com corpo de serpente e cabeça feminina, que atacava as crianças durante o sono. As estrigas, feiticeiras com corpo de ave, sugavam os homens enquanto eles dormiam.

As palavras *strige* e *strigoi*, que derivam de estriga, passaram a ser usadas pelos romanos, a partir do século VII, para o que conhecemos hoje como vampiros.

Até aqui, nenhum desses seres possui origem humana, apenas fazendo dos homens seu alimento.

Durante a Idade Média, as superstições aumentaram muito, e os primeiros sugadores de sangue originados do homem surgiram da literatura. William de Newburgh escreveu sobre mortos que deixavam as suas tumbas para se alimentar do sangue dos vivos: eram os cadáveres sanguessugas.

Foi durante os séculos XIV e XV que o vampirismo se espalhou pela Europa e serviu como resposta para muitas mortes que a ciência de então não conseguia explicar.

A história de Drácula vem dessa época. Em uma província dos Cárpatos, em 1431, nasceu Vlad Tepes, que mais tarde ficaria conhecido como o Empalador. Vlad liderou a Ordem do Dragão nas Cruzadas contra os turcos. Vem do nome dessa ordem o título de "dracul", como o povo o chamava. Drácula significa "o filho do dragão". Durante seu reinado, que durou seis anos, Vlad foi responsável pela morte de mais de 40 mil pessoas, e o seu método predileto de assassinato era o empalamento, de onde pode ter nascido a ideia da estaca no coração do vampiro...

A lenda do príncipe vampiro começou quando Drácula ainda era vivo e reinava. Diversas histórias e poemas foram escritos sobre a sede de sangue do Empalador. E, em 1897, transformou-se em um clássico da literatura de terror na obra de Bram Stoker, *Drácula*.

Os vampiros atravessaram os séculos e protagonizaram milhares de histórias na literatura, no cinema e na televisão. Ganharam diferentes abordagens, ora românticas ora cruéis, e novas habilidades, como a de andar sob a luz do sol.

Sejam clássicos ou inovadores, os vampiros podem apavorar e seduzir os humanos, ameaçando-os com a morte e oferecendo-lhes a oportunidade da vida eterna.

Em *Conde Drácula e outros vampiros* você encontrará oito contos, de quatro autores contemporâneos, onde esses seres desempenham o papel principal. A clássica história de Drácula é recontada e colocada ao lado de outras narrativas de terror e suspense, que foram especialmente criadas para essa coletânea temática.

Nos contos que você lerá neste livro, os vampiros se revelam de diferentes formas, possuem as mais variadas origens, mas, em comum, têm a capacidade de nos atemorizar e nos fazer pensar sobre o que é ou não possível.

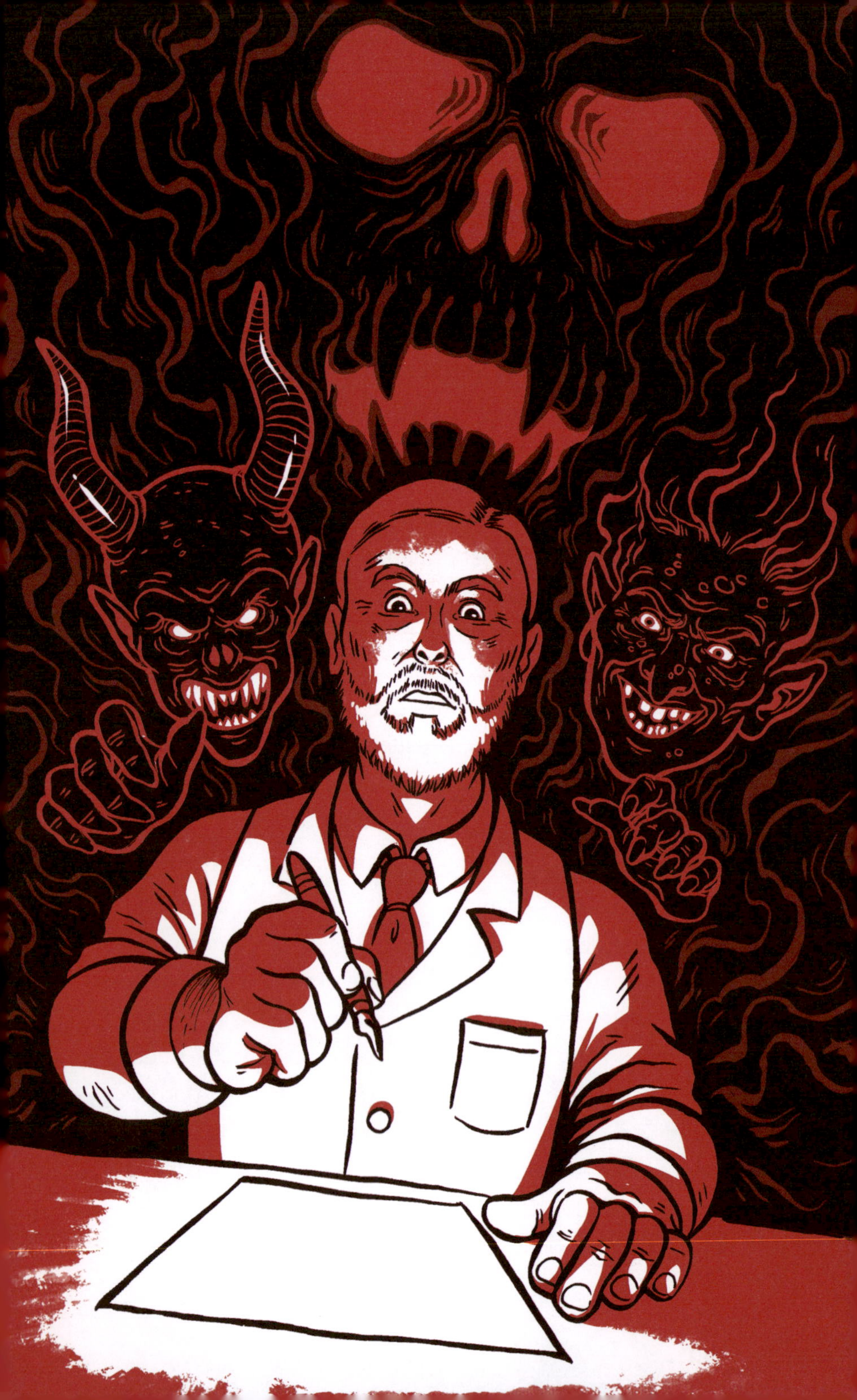

Ivan Jaf

Como uma noite de inverno

Londres, 8 de janeiro de 1891.
Prezado doutor Abraham Van Helsing,

O senhor provavelmente não se recorda de mim. Chamo-me Florence Balcombe. Sou esposa do seu homônimo, Abraham Stoker, administrador do Royal Lyceum Theatre de nossa cidade. O senhor e meu marido têm um amigo comum, o doutor John Seward, diretor do manicômio de Carfax. Há pouco mais de dois anos vocês três assistiram a uma peça com o ator e diretor Henry Irving no Lyceum Theatre e depois jantaram no Beefsteak Room. Lembra-se? Só pude chegar quando já estavam de saída, mas fiz questão de conhecê-lo, doutor Van Helsing, porque não faz ideia da veneração que nosso bom amigo John Seward lhe dedica. Trata-o como "mestre" e "mentor", e não perde a oportunidade de exaltar suas qualidades de sábio, estudioso, filósofo, metafísico, cientista avançado e especialista em doenças obscuras. E é por essas qualificações, e em nome de sua amizade com o doutor Seward, que tomo a liberdade de escrever-lhe, pedindo ajuda, implorando mesmo que venha até Londres o mais rápido que puder, pois me encontro presa do mais absoluto estado de pânico. Hoje à tarde sofri um tão pavoroso impacto de repulsa e terror que não sei se minha sanidade resistirá até o final desta tenebrosa noite. Obtive a prova de que os pesadelos que vivi no último mês não foram frutos da minha imaginação. A cadeia de sombras e mistérios fechou-se, bem diante de mim, na biblioteca do Museu Britânico. Tenho a alma tão tomada pela ansiedade e pelo pavor que... Não, preciso reunir toda minha força e coragem para fazer o relato do que se passou até esta tarde fatídica. Tenho de conseguir disciplinar meus nervos, para que o senhor entenda, venha em meu auxílio e tentemos salvar a alma de meu pobre marido.

Não sei se sabe, mas ele também é escritor, e assina suas obras como Bram Stoker. Creio que seus contos e romances não sejam conhecidos aí, em Amsterdã, mas posso assegurar que são bem apreciados aqui, na Inglaterra e na Irlanda. Aos poucos ele vem se especializando no gênero do terror, malgrado minha posição contrária, pois, como cristã, gostaria que meu marido não tratasse desses assuntos que conduzem o leitor ao mundo das trevas. Ele está sempre pesquisando sobre bruxas, lobisomens, demônios e tudo o que envolva o mundo sobrenatural. Sou muito sensível, doutor Helsing, e isso naturalmente me amedronta. Sou dada a crises de histeria, e as atividades literárias de meu marido me têm deixado cada vez mais apreensiva, como se eu adivinhasse o que... Oh, não, o que aconteceu esta tarde supera qualquer horror que eu tenha imaginado. Só de pensar, meu peito se contrai por uma tal angústia que temo não poder continuar respirando. Preciso alertá-lo sobre o que se passa com meu pobre Bram. Há um ano ele começou as pesquisas para um grande livro que pretende escrever sobre vampirismo. Tudo começou por causa de um pesadelo, no qual viu um vampiro levantando do túmulo. Desde então tornou-se obcecado pelo assunto. Tentei dissuadi-lo, mas, além do interesse pessoal pelo tema, devo confessar que, como todo escritor, meu marido também persegue o sucesso, e não é sem uma ponta de inveja que acompanha o número crescente de leitores e os elogios da crítica a respeito do livro *Carmilla*, de Sheridan Le Fanu, e do conto "O vampiro", de John Polidori. Tomou a resolução de escrever um romance extenso e definitivo sobre o assunto, que afirma será sua "obra-prima", e, como sempre, mergulhou compulsivamente nas pesquisas.

Bram adquiriu um vasto conhecimento sobre lendas e folclores que tratam do sobrenatural, mas este ano se trancou em bibliotecas um número incontável de horas reunindo informações específicas sobre vampiros. Posso assegurar que, salvo sua dedicação à administração do Lyceum Theatre, o resto de seu tempo foi dedicado ao estudo do vampirismo. Acompanhei o progresso de suas pesquisas com uma crescente inquietação, como se algo maligno estivesse nos espreitando e preparando o bote, como um lobo atrás de uma porta, e essa impressão era corroborada por sonhos estranhos e augúrios que foram minando minhas forças, deixando-me num estado de permanente ansiedade. Até que, no início de dezembro, veio o ataque... o lobo... Preciso me controlar e chegar ao fim deste relato. Agora entrarei no horror, como Dante ao adentrar no Inferno.

Bram havia lido o livro *A terra além da floresta*, de Emily Gerard, mulher de um comandante austríaco sediado na Transilvânia, no território húngaro. Ela descreve as diversas entidades sobrenaturais que povoam o folclore milenar daquela região da Europa Central, e entre elas se destaca a figura do *nosferatu*, ou vampiro. Por ser escassa a documentação sobre o assunto, meu marido partiu para a consulta pessoal a famosos orientalistas.

Certa noite, na biblioteca do Museu Britânico, completamente absorto entre os mapas medievais da fronteira oriental entre cristãos e turcos, tomou um grande susto quando sentiu a mão pesada, "como se feita de chumbo", que pousou sobre seu ombro direito. Era um estranho, muito alto e magro, todo vestido de preto, que se apresentou como Arminius Vambery, professor da Universidade de Budapeste.

Desde aquela noite amaldiçoada ele não mais deixou a companhia do professor, e tem nele um mestre e orientador, "o sábio que lhe abriu as portas do universo dos vampiros". Oh, doutor Van Helsing... vejo-o definhar dia após dia. Sei que, se não fizermos algo com urgência, sua vida se extinguirá lentamente, consumindo-se como uma vela, tudo por causa desse professor... É necessário que eu me controle e descreva esse sinistro personagem que em maldita hora entrou em nossa vida.

Há pouco mais de duas semanas ele veio aqui, em casa. Como já aconteceu em outros momentos em que culpei o excesso de trabalho pelos prejuízos à sua saúde, Bram fez pouco caso de minha preocupação, brincou afirmando que eu estava com ciúmes e decidiu apresentar-me Arminius Vambery. Devo dizer que Bram o fez com a melhor das intenções, para me apaziguar a alma. Sei que vive ansioso a meu respeito, temendo uma crise nervosa, porém dessa vez sua atitude teve o resultado oposto: desde que vi aquele homem, luto contra a impressão de estar vivendo um interminável pesadelo. A cada noite travo uma batalha contra o sono e acabo sucumbindo às agonias da insônia. Durante o dia estremeço à vista de minha própria sombra.

O professor chegou em uma noite gelada, dessas que anunciam grande nevasca. Quando abri a porta, ele estava parado à minha frente, e a primeira coisa que notei foi que sua respiração não formava o vapor esbranquiçado provocado pelo frio, como se por dentro ele fosse mais gelado que uma noite de inverno rigoroso em Londres.

Bram estava encantado por apresentá-lo a mim, orgulhoso pela amizade do "mestre", e disse que eu precisava fazer uma saudação húngara, que fui obrigada a repetir:

"Seja bem-vindo a minha casa. Sinta-se em liberdade para entrar e o faça por sua própria vontade."

Só então o professor adentrou em nossa sala e pude vê-lo bem de perto. Aparenta quarenta e poucos anos. Tem o rosto fino, de traços marcantes, completamente escanhoado, a não ser por um comprido e fino bigode. As sobrancelhas muito espessas se encontram sobre a arcada do nariz, com fios longos que parecem ter vida própria. Apesar da completa palidez de sua pele, os lábios são grossos e intensamente vermelhos, e seus dentes, principalmente os caninos, parecem que a qualquer momento furarão o lábio inferior com suas pontas afiadas. Vestir-se todo de preto acentuava sua extrema palidez. Apertou minha mão com tal força que instintivamente recuei, sem conseguir, porque ele me retinha, e tive a nítida sensação de estar tocando em um bloco de gelo, segurando a mão de um morto. Seu olhar é perturbador. Tem os olhos aguçados como os de um animal. Suas maneiras cordiais não conseguem esconder a aparência agressiva e hostil. É um homem magnético e sinistro, mas meu querido Bram não vê isso!

A visita durou pouco mais de uma hora. Ele não aceitou nada. Alegou que à noite tinha o hábito de não comer nem beber. Também pouco falou. Em compensação, três cálices de conhaque destravaram a língua de meu pobre marido. Fui obrigada a ouvir um resumo do que o professor lhe ensinara sobre vampirismo, e entendi a causa do entusiasmo de Bram. Arminius Vambery afirmava que as lendas a respeito dos vampiros da Europa Central tinham uma fonte comum, e que essa fonte era real! Havia existido, de verdade, um vampiro!

Doutor Helsing, perdoe-me, o senhor, como homem de ciência, deve rir-se do sobrenatural, caçoar dessas superstições populares que são a base de todo folclore, mas devo escrever o que ouvi naquela noite para que conheça profundamente o abismo de terror em que caí. Por favor, suspenda sua incredulidade por um breve tempo.

Segundo o professor Arminius Vambery, existiu, no século XV, na Transilvânia, numa província que pertenceu à Hungria por quase mil anos, um príncipe chamado Drácula. É um personagem autêntico, frequentemente citado em documentos bizantinos, eslavos e turcos. Foi um governante temível, extremamente cruel e certamente louco, possivelmente o que mais derramou sangue inimigo em toda a história da humanidade. Inventou todo tipo de torturas. Sua maneira favorita de matar era o empalamento: sentar o condenado sobre uma estaca afiada e deixar que ela entre lentamente por suas entranhas, transpasse todo seu corpo e saia pela boca. Sentenciou dezenas de milhares a esse horrendo fim.

Arminius Vambery mostrara a meu marido cópias de antigos panfletos sobre Drácula que circularam por toda a Europa há quatrocentos anos, e que se encontram em arquivos empoeirados de dezenas de mosteiros e bibliotecas. Aqui mesmo, na biblioteca do Museu Britânico, há um deles.

Sempre trocando olhares de reconhecimento com o professor, Bram explicou que o nome verdadeiro do príncipe era Vlad Tepes, que quer dizer "Vlad, o empalador"; e que Drácula era uma alcunha. "Dracul" significa "diabo". "Drácula" é um diminutivo que significa "filho do diabo".

O que o professor conseguira provar é que as lendas sobre os vampiros na Europa Central haviam se originado na Transilvânia, exatamente durante o governo de Vlad Tepes, cujas crônicas da época afirmavam claramente que bebia o sangue de seus inimigos. "Dracul", "*nosferatu*" e "vampiro" significam quase a mesma coisa para o povo húngaro. Os estudos de Arminius Vambery haviam sido conclusivos, indicando que todos os relatos sobre vampiros daquela região convergiam para uma única pessoa: Vlad Tepes, o Drácula. Um vampiro real!

Doutor Helsing, o senhor pode imaginar o que isso significou para meu marido? Para um escritor como ele? É como um garimpeiro encontrar um filão de ouro. Prefere morrer a abandonar a lavra. Está totalmente obcecado por esse príncipe da Transilvânia do século XV. E pelo professor Vambery, que detém todas as informações. Não come nem dorme direito. Sua condição física decai dia após dia. Está fraco e sem vitalidade. Durante a noite, ouço-o ofegar, custa a respirar, debate-se como se o estivessem atacando. Cada vez mais pálido, seu olhar aflito passa uma enervante sensação de urgência, e é como se uma nuvem escura o acompanhasse.

E eu, doutor, desde que aquele ser maligno entrou nesta casa, estou com a sensibilidade excitada, como na véspera de uma crise histérica. Ouço vozes distantes em uma língua desconhecida. Parecem querer me dar ordens que não entendo. À noite os cachorros das redondezas uivam como lobos e fazem meu coração bater forte e descompassado. Sem vento algum, o olmo diante de meu quarto balança os galhos com violência. Pancadas sacodem as janelas, como bater de asas nos vidros, mas não vejo nada lá fora.

Há quatro noites minha insônia foi invadida por um estado de confusão mental: um calafrio congelou minha espinha e a meu lado surgiu um vulto negro que se inclinou sobre mim e começou a deslizar a mão fria sobre meus cabelos, minha face, meu pescoço... senti-me estrangular e tive uma convulsão que acordou meu marido... o vulto contraiu-se, encolheu-se, deslizou até a porta e, antes de atravessá-la, lançou-me um olhar feroz por dois olhos vermelhos, como brasas que surgiram do nada.

Depois disso, Bram convenceu-se de que em breve terei mais uma crise histérica e marcou uma consulta com nosso amigo, doutor Seward. Este ouviu de mim, em segredo, as causas de meus tormentos e insistiu que eu o procurasse, doutor Helsing. Eu pretendia fazê-lo de uma forma mais serena, mas, como escrevi no começo desta carta, esta tarde terrível precipitou os acontecimentos, obrigando-me a escrever-lhe assim, tomada pelo pânico total, pedindo que venha o mais breve possível, porque eu e meu marido corremos perigo. Julgo que a morte mais horrenda pode estar nos espreitando, ainda esta noite, depois do que descobri hoje. Oh, Deus, tenha piedade de mim!

O senhor tem ideia do que é viver atormentada por uma dúvida cruel que tingia tudo ao redor com as cores da irrealidade e que me fazia duvidar dos meus próprios sentidos? Minha apreensão era real ou fruto da imaginação? Estava em meu juízo ou num estado de insanidade mental? Para não enlouquecer de vez, fui à biblioteca do Museu Britânico.

Doutor Helsing, imaginar um horror tão grande já me causava tanto medo que eu não poderia acreditar que a realidade seria ainda pior!

Procurei o antigo panfleto do século XV que meu marido havia citado durante a visita do professor. São apenas duas folhas. Numa delas há um breve texto sobre Vlad Tepes e suas crueldades. Na outra, uma xilogravura, um retrato do príncipe. Quando o vi, senti meu coração tornar-se uma pedra de gelo.

Era como se eu soubesse todo o tempo. Ali estava a prova. Meus olhos, ouvidos e mente não me enganaram, doutor. Tudo é real. Não há como contestar.

O professor Arminius Vambery é Drácula!

O terror desse homem demoníaco toma conta de mim e me domina por completo. Estou em pânico mortal e não encontro saída. Sinto-me paralisada por todo tipo de terrores, em razão dos quais meu cérebro se recusa a raciocinar com clareza.

O relógio da sala acaba de soar. Meia-noite. Bram deve voltar a qualquer momento. A neve cai com intensidade desde que cheguei em casa. Escrevo com minhas últimas energias mentais, doutor Helsing. Deus é testemunha do meu esforço para colocar as palavras de uma forma coerente sobre o papel. Oh! Há um vulto caminhando lá fora! Sua forma negra contrasta com a neve. Olhou para cá. Meu Deus... pela sua expressão já sabe que fui ao Museu Britânico e que conheço a verdade. O senhor já não poderá fazer nada por mim, doutor.

A porta da rua está se abrindo.

Deixe-me confessar, antes que não tenha mais tempo. Não é ao professor Arminius Vambery, ou Drácula, ou príncipe Vlad Tepes, que mais temo neste momento. Não, doutor. O pouco raciocínio que me resta alertou-me... A xilogravura, o retrato, não permite a menor dúvida. E meu marido a viu. Bram sabe que o professor é um vampiro, que é o próprio Drácula. E está continuando a pesquisa!

Meu amado Bram... onde a ambição literária o levou! O que é capaz de fazer um artista para realizar sua obra-prima. Transformar-se a si mesmo em vampiro para escrever um livro!

Ele está parado, sob o umbral da porta. Sorrio. Finjo não notar seu olhar feroz para poder escrever mais algumas frases. Ele se aproxima lentamente. Mantenho a cabeça baixa, os olhos no papel, a mão na pena. Doutor Van Helsing, saiba que

Nota do Autor

Esse é um conto de ficção no qual tomei a liberdade poética de misturar pessoas reais, como o escritor Bram Stoker, sua esposa Florence Balcombe e o professor Arminius Vambery, com personagens do livro Drácula, *do próprio Stoker, como o doutor Van Helsing e John Seward, diretor do manicômio de Carfax.*

Procurei escrevê-lo usando a sintaxe da época e, para reforçar o estilo, roubei algumas expressões do original. Escrevi-o em forma de carta porque foi esse o artifício mais usado por Bram Stoker em Drácula. *Os livros que o influenciaram para escrever sua obra-prima e o modo como ele efetuou as pesquisas são verdadeiros.*

Ivan Jaf

Ciúme em Paquetá

Paquetá é uma ilha pequena, no fundo da baía de Guanabara, na cidade do Rio de Janeiro. Só há uma escola em Paquetá, da rede municipal, em um imenso casarão de dois andares, sede de uma antiga chácara. Sérgio e Sandra estudavam nela, na mesma turma, no segundo ano do Ensino Médio. Ela era a menina mais bonita da escola e sonhava com garotos mais velhos e de lugares diferentes. Ele sonhava com ela.

Sandra morava com a mãe, viúva, no último andar de um prédio de três pavimentos. Sérgio, a mãe, o pai, pedreiro, e um irmão mais velho viviam na casa quase em frente ao edifício.

No primeiro semestre, um garoto chamado François, louro, filho de um fotógrafo francês, passou uma temporada na ilha acompanhando o pai e frequentou uns meses de aula para treinar o português.

François era uma novidade, e Sandra ficou encantada por ele. Os dois começaram a trocar olhares. Depois vieram as

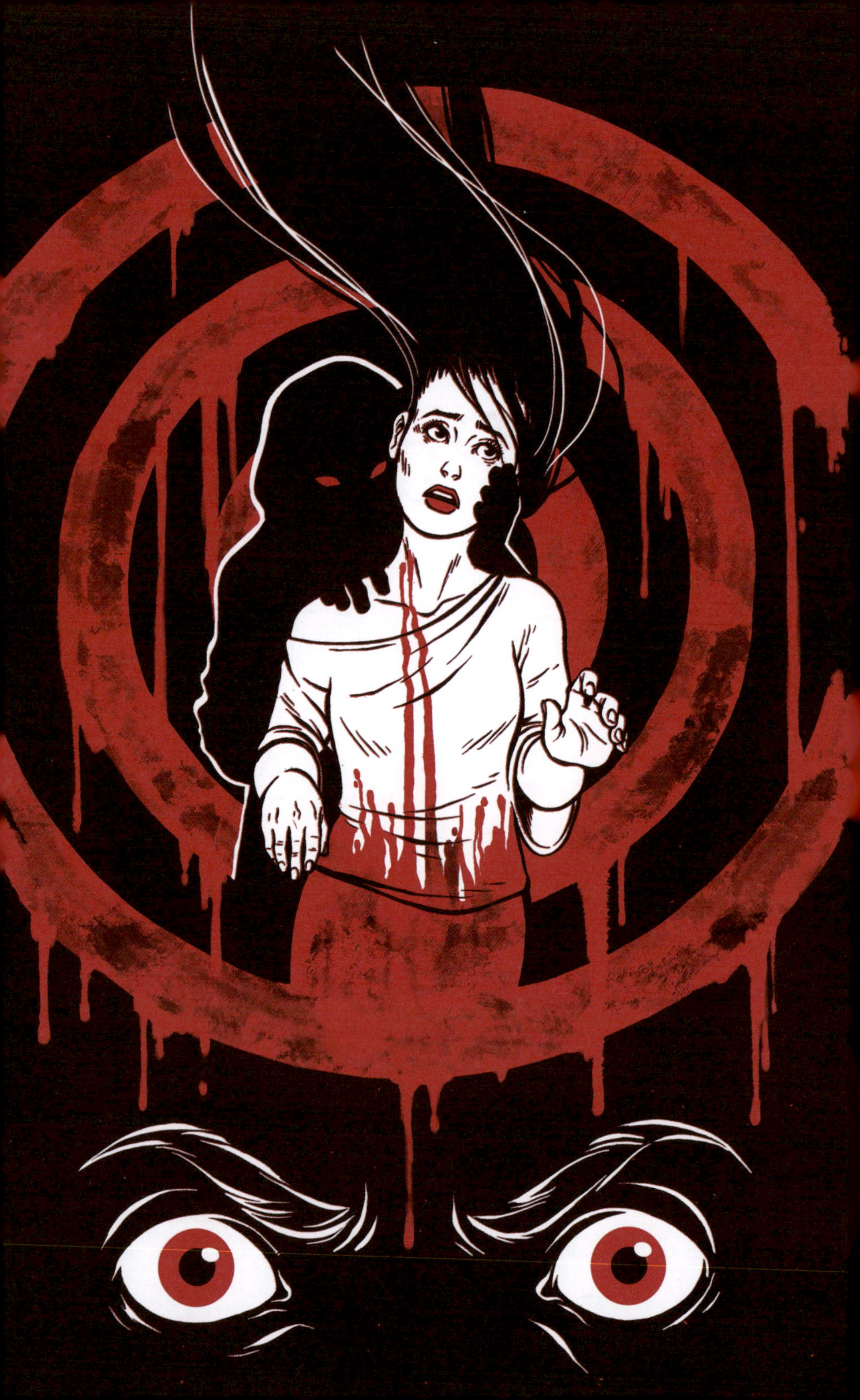

fofocas. Estavam se encontrando, não estavam, tinham feito isso, aquilo... Sérgio desesperou-se. Mas o semestre acabou, o pai de François foi embora da ilha, e o filho foi junto.

O fotógrafo francês era um tipo estranho. Não falava português, vestia-se sempre de preto e só saía de casa para tirar fotos da ilha. François também era esquisito. Nunca era visto, a não ser na escola. Não fez amigos. Muito pálido, com olheiras profundas e olhar melancólico, era o oposto dos garotos saudáveis e bronzeados de Paquetá.

No começo do segundo semestre, na volta às aulas, todos estranharam a aparência de Sandra. Estava magra, pálida e melancólica como François. Seu corpo cheio de volumes parecia ter secado. Perdera a vivacidade, vivia apática, distante, olhando para o infinito; só saía para ir à escola, trancando-se no quarto o resto do tempo.

Uma vizinha conversou com a mãe de Sandra sobre depressão. Havia acontecido alguma perda recente na vida dela? A história se espalhou na escola: Sandra se apaixonara e estava sofrendo a perda de François.

Sérgio ficou morrendo de ciúme, e furioso, o coração estilhaçado, com pena de Sandra, e a odiando, e mais apaixonado ainda, angustiado e querendo ajudá-la, feliz por vê-la sofrer, aflito, preocupado com a saúde dela, mas repetindo "bem feito", "bem feito", querendo vê-la, não querendo a ver nunca mais. A palidez de Sandra o agredia, o olhar perdido dela procurando François no infinito o atormentava. Se ela sofria tanto assim a perda de François era porque o amava muito. E Sérgio não podia nem quebrar a cara dele, porque o miserável havia desaparecido. Até onde eles "tinham ido" para que ela ficasse desse jeito? Sérgio não queria nem pensar.

Mas não parava de pensar nisso, e de repetir para si mesmo "bem feito", "bem feito". Era apaixonado por ela, não podia deixá-la morrer. Em uma noite de insônia, saiu para caminhar.

O pequeno prédio de três andares ficava quase na esquina. Dobrando à esquerda, podia-se ver a janela do quarto de Sandra. Ela apareceu. De pé, junto da janela. A cortina quase transparente mostrou sua silhueta. Outra silhueta surgiu. Devia ser a mãe, preocupada. Não! Era um homem!

Os dois se abraçaram. O homem beijou o pescoço de Sandra! Sérgio perdeu a cabeça. Uma coisa é imaginar, outra é ver. O ciúme tomou todo o seu corpo, a raiva explodiu. Ela estava se encontrando com alguém. No próprio quarto! A mãe sabia? Um outro homem. Não era François! O vulto se afastou de Sandra, abriu a cortina e olhou para fora. Usava um capuz preto para esconder o rosto. Pela maneira com que virava a cabeça para todos os lados, com certeza não queria ser visto. Na certa era um safado que estava invadindo o quarto de Sandra à força, obrigando-a a fazer coisas, por alguma chantagem. Precisava saber quem era ele. Ajudar Sandra. Ela estava sendo forçada, claro. Por isso estava deprimida, e não por amor a François. O homem saiu pela janela.

Sérgio havia imaginado que o sujeito devia ter uma corda. Nunca poderia supor que ele se inclinaria no parapeito e desceria de cabeça para baixo, com o corpo grudado na parede, avançando como uma lagartixa, sustentado pela força dos braços e das pernas, e que, em vez de ir direto para o chão, daria a volta no prédio e desapareceria pelos fundos.

O dia seguinte seria sábado, não haveria aula, e ele ficou remoendo todo tipo de sentimento e pensamento, transformando seu cérebro em uma papa quente e confusa onde se misturavam ódio e amor, preocupação e desprezo, violência e carinho, vontade de proteger e vontade de que ela se desse mal. Rolou na cama a manhã toda, quase não almoçou, tornou a rolar na cama por toda a tarde, nem foi jogar futebol, e, quando o dia acabou, ainda não havia se decidido entre a razão e o cabo da enxada.

A razão dizia que ele não tinha nada a ver com aquilo, que era problema da Sandra, que não devia se meter na vida particular dela, pois, se ela recebia um homem no quarto, à noite, é porque havia permitido a sua entrada... podia muito bem gritar ou trancar a porcaria da janela. Mas o cabo da enxada, encostado lá no muro do quintal, dizia: "Me pegue, espere o safado na rua e dê umas bordoadas nele". Sandra não tinha pai nem irmão, nenhum homem para protegê-la.

O cabo da enxada acabou vencendo. A razão não conseguia apagar a imagem do pescoço de Sandra sendo beijado. Enlouquecido pelo ciúme, tornou a sair à noite, dessa vez para tocaiar o desconhecido.

Entrou no terreno do prédio e escondeu-se nos fundos, atrás das latas de lixo. As paredes externas eram de tijolos maciços, aparentes. O homem devia subir e descer por eles enfiando os dedos entre as ranhuras, uma coisa difícil até para o Homem-Aranha, ainda mais de cabeça para baixo. O filho da mãe devia ter uma força desgraçada nos braços. Lá estava ele. O vulto. E ela. E novamente o beijo no pescoço. Ela não parecia *não* estar gostando. Sérgio queria dar bordoadas nos dois. Queria voltar para casa e tentar esquecer tudo. O vulto abriu a cortina, pôs para fora a cabeça coberta pelo capuz, debruçou-se no parapeito, novamente deslizou pela parede, contornou o prédio – e nem vendo assim, de perto, Sérgio entendeu como podia fazer aquilo. Ia esperar que saísse do terreno. Queria pegá-lo na rua. Então o sujeito deu um salto e pulou o muro, como um sapo gigante. "Tantos homens no mundo e Sandra tinha escolhido justo um maldito acrobata de circo!" Saiu pelo portão da frente, e Sérgio foi atrás dele, que já ia dobrando a esquina do quarteirão seguinte.

Já não confiava tanto assim no cabo da enxada. O homem era forte e ágil. Um atleta. O instinto de sobrevivência falou mais alto do que o ciúme. Seguiu-o de longe. Como estava todo de preto, o miserável continuava com a mesma aparência de vulto da janela. Ia na direção da escola. Sérgio parou atrás de um tronco de amendoeira. O homem pulou o muro, de dois metros de altura, num salto só. Sérgio ficou de boca aberta e parou. Desistiu do cabo da enxada. Viu quando ele caminhou, apressado, até uma das janelas gradeadas junto ao chão, retirou duas barras de ferro, entrou, recolocou as grades e sumiu dentro do porão da escola.

Podia denunciar o sujeito à diretora. Tinha um maluco escondido no colégio. Mas como ia provar? "Olha, dona Vera, a noite passada eu tava espiando a janela da Sandra e vi um homem todo de preto saindo e descendo a parede feito lagartixa; daí eu segui ele para dar umas bordoadas, mas não tive coragem, e ele entrou aqui, no porão." Seria um mico para entrar para a história de Paquetá, além de sujar o nome de Sandra. Mas o pior seria não encontrarem ninguém no porão.

Assim que o sol nasceu no domingo, pulou o muro, removeu as duas barras de ferro e entrou. Se ia denunciar o safado, e tinha de fazer isso para salvar Sandra, precisava de provas. Ia com a lanterna de seu pai e um fiapo de coragem, sustentado pela esperança de que o homem estivesse dormindo àquela hora da manhã de um domingo chuvoso, depois de uma noite de... não, não podia pensar nisso, mas não parava de pensar naquele beijo no pescoço.

A escola, deserta e silenciosa, a escuridão, o cheiro de mofo, todos aqueles móveis quebrados, teias de aranhas e paredes soltando o reboco compunham o cenário perfeito para um filme de terror. A luz da lanterna logo mostrou pegadas na poeira, que percorriam uma espécie de trilha entre o labirinto de móveis velhos e entulho. As pegadas acabaram entrando num vão estreito, uma reentrância entre duas paredes que dava passagem apenas para uma pessoa. Fez a volta. Não havia saída pelo outro lado. Era como um armário. O homem estava lá dentro! Dava para sentir o cheiro do perfume de Sandra no ar! Apagou a lanterna. Já estava bom. Podia voltar. Não. Precisava ter certeza. Tudo estava muito quieto e silencioso. Ou o sujeito dormia ou não estava lá dentro. Agachou-se no escuro. Parou. Ficou escutando. Nada. Só um barulho muito fraquinho de respiração. Ou era seu próprio coração batendo, se *debatendo*, dentro do peito? Ali só caberia uma pessoa em pé: era melhor iluminar o chão do que arriscar jogar luz no rosto do sujeito e acordá-lo. Acendeu a lanterna e espiou, por baixo. Uma cena horrível. Duas baratas gordas bebiam nas bordas de uma poça de sangue! Subiu o foco. O sangue escorria por uma espécie de vassoura. Foi subindo a luz, aterrorizado. Os pelos da vassoura eram claros e saíam de um estranho pote, muito branco, com dois buracos embaixo, uma alça e uma abertura no alto, com dois dentes pontiagudos de onde escorria o sangue que formava a poça e... dentes?! Recuou, e todo o objeto entrou no foco. Não era uma alça, era um nariz! Não era um pote, era um rosto! Um rosto de cabeça para baixo. Não eram os pelos claros de uma vassoura; eram os cabelos louros de François!

O filho do fotógrafo francês estava ali, naquela reentrância do porão, dormindo de cabeça para baixo, como um maldito morcego! Os dedos dos pés agarrados a um pedaço de cano, como um paletó em um cabide! Com o sangue ainda pingando pelo orifício na ponta dos dois caninos. Não precisava ser um gênio para entender.

François era um vampiro! Aquele sangue era de Sandra! Isso explicava tudo. O jeito como ela definhava, a tristeza, a apatia. Ele precisava acabar com François. Sem contar para ninguém. Sandra ficaria marcada para sempre se toda a ilha soubesse que tinha sido vítima de um vampiro. Se matasse François talvez ela ainda tivesse chance de sobreviver. Mas como fazer isso? Por sua mente passaram todos os filmes, livros e histórias em quadrinhos sobre o assunto. Seria complicado cortar a cabeça dele, encher sua boca de alho e queimá-la junto com o corpo, sem chamar a atenção de Paquetá inteira. Espetar uma estaca no coração era mais fácil, mas faltava estaca, martelo e coragem. Tinha certeza de que não ia conseguir encostar naquele monstro. E se ele acordasse? Precisava pensar rápido. Cada noite podia ser a última da menina que ele amava. Decidiu emparedá-lo. Era uma coisa que sabia fazer. Já ajudara o pai a levantar paredes.

Havia uma obra nos fundos da escola. Foi até lá, misturou areia com cimento em um balde, encontrou uma pá pequena e voltou ao porão. Pedras soltas e restos de tijolos não faltavam por ali. Aos poucos foi subindo uma parede bem reforçada, de dois palmos de largura, tapando a passagem para o vão estreito entre as outras duas paredes.

Quando estava na altura da cintura, François se mexeu! Seu corpo estremeceu. Mas não acordou. Sérgio continuou o trabalho, em pânico. Mais dois palmos de parede e ouviu um gemido vindo de baixo, de onde estava a cabeça do vampiro, e os pés dele tremeram. Estava acordando!

A parede subia quase encostando em suas roupas. Não havia espaço para que dobrasse o corpo para a frente. Mas o cimento ainda estava mole, e com força o vampiro poderia colocar a parede abaixo. Sérgio continuou empilhando pedras e tijolos, agora ainda mais apavorado, porque parecia que o cimento ia acabar. Sentiu uma forte pancada embaixo. E um grunhido alto. François tinha acordado e batia com a cabeça na base da parede. Viu seu corpo se contorcer, os dois braços tentarem dobrar, sem ter espaço, as pernas sacudirem, os joelhos também tentarem dobrar, sem conseguir, batendo na parede, os dedos dos pés sem poder soltar o cano, ou todo o corpo cairia. Não podia derrubar a parede. Vampiros não têm força durante o dia? Ouviu mais grunhidos, como os de um animal desesperado, enfurecido. Faltava mais um palmo. A parede tremia com as pancadas. Sérgio não podia parar. Faltava pouco. Talvez nem adiantasse. A qualquer momento a parede cairia por cima dele, e o vampiro escaparia. Completou a parede. Podia ouvir François se debatendo lá dentro, as pancadas ocas, como um grande cachorro preso em um armário. Mas não podia mais ouvir os grunhidos. Pegou todos os sacos de entulho que encontrou e foi colocando contra a parede, formando uma imensa pilha do chão ao teto.

Duas semanas depois, Sandra já havia recuperado o brilho dos olhos, a alegria, a energia, a cor da pele. A vida voltou ao seu corpo lindo.

Pesquisando no Google, Sérgio descobriu que os vampiros hipnotizam suas vítimas antes do ataque. Nem ela, nem pessoa alguma, a não ser ele, saberia o que havia acontecido. Sandra não lembraria do beijo no pescoço. Não saberia que ele havia salvo sua vida. Talvez nunca reparasse nele. Ia sempre querer um garoto de fora da ilha... Mas *aquele* rival estava emparedado, para sempre, no porão da escola, bem embaixo da biblioteca.

Às vezes, fazendo uma pesquisa, no silêncio, entre os livros, Sérgio tinha a impressão de ouvir o som de pancadas ocas. Ou era seu próprio coração batendo, se *debatendo*, dentro do peito?

Nasci no Rio de Janeiro, em 1957. Entre as décadas de 1970 e 1980 fui um *hippie* radical e andarilho, mas, em vez de fazer artesanato ou ioga, eu escrevia roteiros para histórias de terror em quadrinhos, para a extinta editora Vecchi.

Enquanto os amigos liam Yogananda e pregavam paz e amor, eu lia Edgar Allan Poe e criava terror.

Viajava com a mochila, o saco de dormir e a máquina de escrever portátil. Foi meu primeiro trabalho como escritor. Minha primeira grana vendendo fantasia.

De lá pra cá, foram mais de sessenta livros, peças de teatro e roteiros de cinema e HQ, sobre os assuntos mais diversos... Mas nunca esqueci a fauna da noite.

A lua também ilumina a alma humana. Tenho muito carinho por vampiros, lobisomens, frankensteins e todo o pessoal. Isso pode parecer estranho. Mas a vida não é estranha?

© Marynete Martins

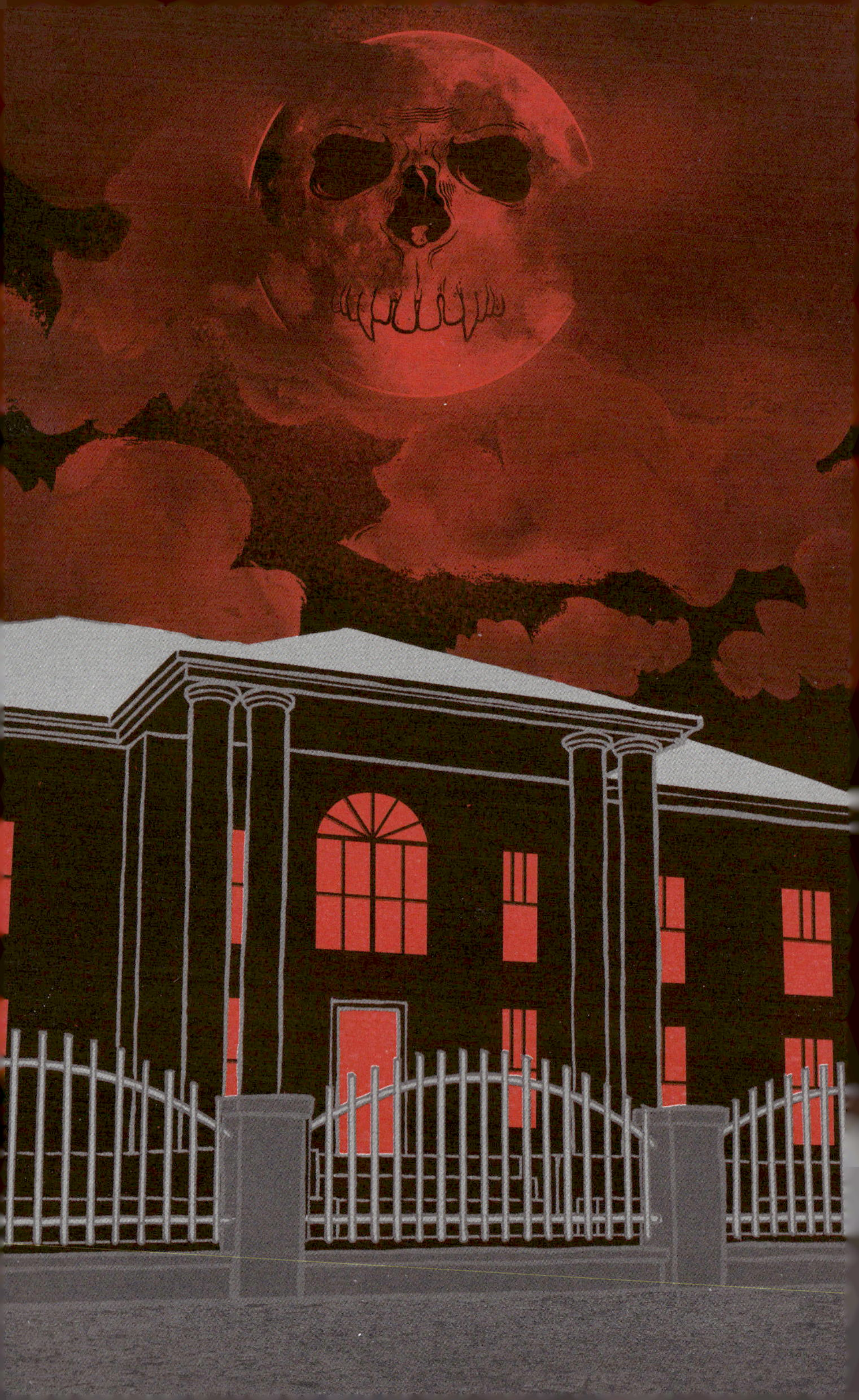

Denio Maués

Um garoto de cem anos

Pedro sempre foi um garoto solitário. Ou, melhor, um ser solitário. Apesar da aparência de um adolescente, já tem um século de vida. Nunca envelheceu nem adoeceu. Talvez nunca morra. Ele é um vampiro.

Foi aos 14 anos que aconteceu sua transformação, quando teve o pescoço mordido por uma mulher muito rica, que, com o marido, tornou-se sua mãe adotiva.

Para Pedro, a "eterna adolescência", que poderia ser considerada um presente, é sua maldição, o motivo de sua tristeza e de muitas brigas com seus pais adotivos. A mais recente ocorreu na noite de anteontem, quando o casal estava de saída rumo a um encontro mundial de vampiros, na Bulgária.

– Que maravilha! Vocês vão viajar e eu nem fui convidado! Aliás, eu nunca sou convidado para esses encontros!

– Filho, quando voltarmos, nós faremos uma viagem com você, certo? – prometeu a mãe. – A Leonor vai cuidar de você na nossa ausência e não vai deixar faltar coelhos e cães para que você se alimente. Não é, Leonor?

– Claro, senhora – concordou a governanta da mansão.

– Coelhinhos, cãezinhos... Por que vocês não me ensinam a beber sangue de um ser humano?!

– É para sua segurança, eu já lhe expliquei tantas vezes... – disse a mãe. Você chamaria a atenção dos humanos andando sozinho, à noite, tentando atacar pessoas. E, se você for preso, nós todos seremos descobertos!

– Nem amigos vampiros eu posso ter! Quem vai querer sair por aí com um eterno fedelho? Os outros vampiros zombam de mim pelas costas. Eu só consigo fazer amizade com adolescentes humanos; aí eles crescem, se tornam adultos, e eu que me afaste pra não levantar suspeitas. E, depois, eu que vá procurar novos amigos da "minha idade"!

– Rapaz, você está tão chato com esse assunto que até parece um adolescente de verdade – reclamou o pai. – Eu concordo que sua mãe se precipitou ao vampirizá-lo, mas aconteceu há um século! Já está na hora de você aceitar isso.

Sem prolongar a discussão, o casal despediu-se do filho e da governanta e entrou no carro, com destino ao aeroporto.

No dia seguinte à viagem, Pedro permaneceu calado e pensativo. Às sete da noite, surgiu na sala vestindo a capa preta que usa todas as quintas-feiras.

– Vai encontrar seus amigos? Aqueles que se vestem de monstros? – perguntou Leonor.

– Exatamente. E quer saber de uma coisa, Leonor? Estou cansado de perder amigos! Mas vou resolver isso hoje!

– O que você quer dizer com isso? – perguntou a governanta, intrigada.

– Surpresinha... Depois eu conto pra você... – respondeu, com ar misterioso, e saiu em seguida.

Olavo, o motorista da família, levou-o ao Centro Cultural Paulistano. Lá, ele iria encontrar os tais "amigos que se fantasiam de monstros": adolescentes comuns que fazem parte do grupo Tocando o Terror, formado por fãs de histórias de bruxas, seres fantásticos e... vampiros! Nos encontros do grupo, seus integrantes trocam revistas em quadrinhos, informações sobre filmes e vestem-se como os personagens das histórias.

Pedro sempre se sentiu completamente à vontade no Tocando o Terror, pois, embora ninguém ali soubesse que ele era um vampiro de verdade, tampouco estranhavam a palidez de sua pele ou seus dentes caninos pontiagudos – ao contrário, todos elogiavam o "realismo" de sua caracterização. No grupo, que já se reunia há mais de um ano, ele fez dois grandes amigos: Joana e Rafael.

– Olha quem chegou! O nobre vampiro e sua capa preta! – saudou Rafael, que se vestia como um vilão de um *game* japonês.

– Protejam seus pescoços! – completou Joana, que usava seu conhecido vestido roxo, botas pretas e segurava nas mãos uma vassoura.

– Não precisa ter medo, minha querida bruxinha, eu só bebo sangue de coelhos e, às vezes, de cachorro, se ele não for muito feroz, claro! – respondeu Pedro, provocando risadas na menina.

– E aí, Conde Drácula, trouxe alguma HQ pra gente? – perguntou Rafael.

– Não, não trouxe desta vez. Mas eu tenho um convite especial pra fazer a vocês dois, e uma história sensacional pra contar, que não está em nenhuma HQ.

– Oba! Manda aí! – animou-se Rafael.

— Meus pais foram para um encontro de vampiros na Bulgária — falou baixinho aos dois amigos. — Eu estou sozinho em casa. Se vocês quiserem conhecer uma legítima moradia de um morto-vivo, a gente pode ir pra lá depois. Eu garanto que será mais assustador do que qualquer filme.

Rafael e Joana se olharam e não seguraram as risadas.

— E então? Vocês topam?

— Demorou! — empolgou-se Rafael.

— Encontro de vampiros na Bulgária?! Você é uma figura, cara! — disse Joana. — Eu topo!

No Centro Cultural, enquanto o pessoal do Tocando o Terror brincava com seus personagens e trocava revistas de HQ, Pedro permaneceu calado, apenas observando a dupla de amigos.

Olavo chegou na hora combinada, mas, para não chamar a atenção do restante do Tocando o Terror, os três amigos esticaram a conversa o máximo que puderam, sendo os últimos do grupo a sair do local.

Ao chegarem, quando o portão da mansão se abriu, Joana e Rafael ficaram abismados com o tamanho do lugar.

— Essa é Leonor, a governanta — disse Pedro, apresentando-a aos amigos assim que entraram na sala. Leonor cumprimentou a dupla, mas não gostou daquela visita inesperada.

Joana considerou aquele palacete, com sua escadaria imponente e várias janelas fechadas, um tanto sombrio. Rafael, por sua vez, viu o casarão como um cenário inspirador para uma história de terror.

Leonor mandou uma das empregadas servir sanduíches aos garotos. Durante o lanche — quando não comeu nada —, Pedro contou a eles a tal história que não estava em nenhuma revista de HQ: a de um garoto de 14 anos, que foi transformado em vampiro, há um século, e nunca mais pôde ver seus pais biológicos, imigrantes italianos muito pobres.

– Esse garoto, meus amigos, sou eu – revelou, surpreendendo a governanta e provocando risadas em Joana e Rafael. – Não riam. É a mais pura verdade. E eu peço a vocês que guardem esse segredo; é a primeira vez que eu conto essa história. Ninguém no Tocando o Terror pode saber. Os únicos humanos que sabem disso são a Leonor, o Olavo e as empregadas que trabalham aqui.

Como os amigos não lhe deram crédito e encararam aquela revelação como uma tentativa de provocar-lhes medo, Pedro os convidou a visitar o porão da mansão:

– Seus pais não vão gostar nada disso – alertou a governanta. Leonor ainda insistiu que a ideia não fosse levada adiante, mas foi em vão: Pedro desceu com os amigos até o porão.

– Lá estão os três caixões em que eu e meus pais dormimos – mostrou Pedro.

Assim que entraram, ele trancou a porta e pensou "chegou o grande momento". Lá, os dois adolescentes se impressionaram muito com a visão dos três caixões abertos e passaram a examinar cada detalhe.

Aproveitando-se da distração de Rafael, Pedro avançou em direção ao amigo, segurou-o pelo braço e cravou os dentes caninos em seu pescoço.

– Que é isso, cara, tá maluco??? – foi a pergunta feita pelo garoto, que tentou livrar-se da situação, mas não conseguiu, tal a força descomunal que o vampiro possuía.

Ao ver a cena, Joana soltou um grito de horror. Ela quis ajudar o amigo, puxando-o para si, mas foi empurrada para longe por Pedro, que, com a outra mão, ainda imobilizava sua vítima, enquanto sugava seu sangue.

Em vão, Joana procurou fugir dali, mas encontrou a porta do porão trancada. Pegou seu celular e começou a teclar qualquer número, a fim de pedir ajuda. Irritado, o vampiro largou Rafael, que caiu sem forças no chão, e correu até a amiga, tirando-lhe o telefone das mãos e arremessando-o contra a parede. Em seguida, avançou sobre o pescoço da garota, mordendo-o e sugando seu sangue. Sem forças, Joana caiu no chão.

– Nós três teremos uma bela vida eterna juntos e seremos sempre muito jovens! – comemorou Pedro. – Mas, para isso, vocês precisarão beber sangue também, e eu vou providenciar suas primeiras doses.

Saiu do porão, trancou a porta e deixou os amigos lá dentro por alguns minutos. Ao retornar, com dois graciosos coelhos em uma gaiola, viu Joana chorando sobre o corpo de Rafael.

– Viu o que você fez?! – perguntou Joana.

– O que que eu fiz?!

– Você matou o Rafa, cara!

– Quê?!?! – surpreendeu-se Pedro, que, sem acreditar no que ouvia, imediatamente deixou os coelhos no chão e correu até o amigo para tentar reanimá-lo.

– Ele não pode ter morrido! Rafael, acorda. Rafa, acorda aí, cara! Rafael! NÃO!!! NÃO!!! Não pode ser!!!

– Foi pra isso que você trouxe a gente até aqui?!

– Não, Joana, claro que não! Era exatamente o contrário! Eu jamais pensei em matar um de vocês dois. Eu não sei como isso aconteceu...

— Você é um assassino, cara... E também é um vampiro... Meu... você é um vampiro mesmo!
— Joana, entende uma coisa...
— O que tem pra entender é que você chupou o nosso sangue e tirou o sangue do Rafa até ele morrer. Eu não acredito nisso que eu tô vivendo!
— Eu não planejei matar o Rafa. Eu queria que ele tivesse aqui, agora, com a gente, comemorando a vida eterna. Foi um erro de cálculo!
— Ah! Assassinato agora mudou de nome?!
— Eu não sei dosar a força do meu dente, eu nunca mordi um pescoço humano antes... Mas com você deu certo...
— O que que deu certo?! Tá tudo errado aqui!! Eu quero ir embora desse lugar maldito!!!
— Você e o Rafa foram os únicos amigos que eu fiz no meu primeiro século de vida. Amigos verdadeiros. E eu não queria me afastar de vocês. Foi por isso que eu decidi transformá-los em vampiros.
— NÃO!!!
— Eu não aguentava mais a maldição de ser solitário!
— E daí você me transferiu sua maldição?! Como eu odeio você, cara!

Joana tentou se levantar, mas ficou tonta e logo se sentou no chão novamente. Pedro foi até ela e ofereceu seu próprio antebraço.
— Morde. Bebe um pouco do meu sangue.
— Não! Não!!
— É necessário, pra completar a sua transformação.

Joana obedeceu: mordeu o antebraço de Pedro e sugou seu sangue por um breve tempo.

— Agora chega, já é suficiente.

Em seguida, ele ofereceu à amiga um dos coelhos que trouxe.

— Tome. Alimente-se.

Com voracidade, Joana sugou o sangue do pequeno animal, que, em vão, tentava escapar.

Ao terminar, olhou para o coelho sem vida em suas mãos e o atirou longe, chocada e com nojo. A garota limpou o resto de sangue que escorria de seus lábios, tentando entender o que acontecia com ela naquele momento.

— Eu vou sentir vontade de sangue novamente? — perguntou.

— Sim. A partir de agora, pra sempre — respondeu Pedro. — Será seu único alimento.

— Eu vou ter vontade de morder... pessoas?...

— Vai. Certamente.

— Não! NÃO! Eu não quero chupar o sangue de mais ninguém! Você me transformou num monstro!

"E se tudo o que se sabe sobre vampiros for verdade?", pensava Joana. "Será que terei que viver à noite, longe do sol? Dormir em caixões, como Pedro e seus pais? Terei que abandonar minha família, os amigos, esse mundo em que eu vivo, para entrar em outro, desconhecido e horroroso?"

A noite avançava, e o cenário no porão era aterrador. Joana olhava para sua pele, cada vez mais pálida, e percebia o ser em que, pouco a pouco, se transformava. Enquanto isso, lentamente, Pedro cobria Rafael com sua capa preta de vampiro.

Meu vizinho é um vampiro

Denio Maués

Já passava das dez da noite e Manoela ainda assistia a um episódio do programa *Mundo vampiro*, com reportagens que tratavam como real a existência desses seres, quando dona Zélia abriu a porta do quarto e falou:

– Saia da internet, filha! Você tem aula amanhã, esqueceu?

– Já vou, mãe! – respondeu a garota, obedecendo, contrariada, à mãe.

Nesse momento, um barulho de motor na rua chamou a atenção da menina. Ela foi até a janela e viu um caminhão estacionar próximo ao antigo casarão em frente à sua residência. Raio de luar – Mudanças noturnas era o nome da empresa. Logo atrás, estacionou um táxi, do qual desceu um homem que vestia um sobretudo preto.

Dona Zélia aproximou-se da janela, e ficaram as duas observando a movimentação: sob o comando do homem de sobretudo, o motorista do caminhão e seu ajudante

VENHA ASSISTIR
TRANSILVÂNIA
UMA SANGUINOLENTA PEÇA
DE TERROR

começaram a descarregar alguns móveis: uma geladeira, um fogão, muitas caixas...

– Mas que horário estranho pra se fazer uma mudança! – observou dona Zélia.

– Vai ver ele prefere fazer as coisas à noite... – comentou a menina. Será que ele vai morar sozinho nessa casa enorme?...

– Bom, se ele vai morar sozinho, é um problema dele, que é maior de idade. Quanto à "senhora", que tem colégio amanhã cedo, é hora de dormir – disse a mulher.

A garota deitou-se, a mãe apagou a luz e saiu. Porém, Manoela, curiosa, não conseguiu logo pegar no sono. Mesmo depois de ouvir o barulho do caminhão indo embora, a imagem do novo vizinho permaneceu em sua cabeça por um bom tempo...

No dia seguinte, enquanto tomava café, Manoela contou da mudança noturna a Márcio, seu irmão mais velho. Ele achou fora do comum, mas não deu tanta atenção: estava mais preocupado com a aula de interpretação teatral que teria logo no primeiro horário.

Manoela, porém, continuava intrigada com o fato e, ao sair para o colégio, deteve-se, por alguns momentos, olhando para o casarão, esperando, em vão, ver o novo vizinho. Ao voltar para casa, novamente parou para olhar a residência em frente à sua e observou que as janelas continuavam fechadas. Tratou de contar as novidades para Regina, a diarista.

– Quer dizer que tem morador novo aí na frente? – animou-se a senhora. – Então, eu vou lá saber se ele quer me contratar. Aqui eu trabalho só dois dias, tenho tempo de sobra!

– Você vai lá? Mas o casarão fica sempre fechado!
– Muito simples: se está fechado, eu bato na porta e ele abre, oras!

Ao terminar seu trabalho, Regina despediu-se de Manoela e foi até o casarão. A menina correu para a janela da sala e viu quando a diarista atravessou a rua e tocou a campainha. Quando abriram o portão, Manoela observou que o morador estava vestido de preto, da cabeça aos pés – e ainda usava um guarda-chuva.

– Ué! Pra que tudo isso, com esse restinho de sol?! Se ainda fosse meio-dia, mas já são seis da tarde... – estranhou.

Regina e o rapaz começaram a conversar. A diarista apontou para a casa de Manoela – certamente mostrando seu local de trabalho – e entrou no casarão. A menina só saiu da janela quando viu Regina retornar, após alguns minutos, e ir embora.

Pensativa, foi para o seu quarto e entrou na internet, para bater papo com seus amigos virtuais, integrantes da comunidade "Seguidores do Mundo Vampiro". A conversa teve como tema o último episódio da série, mas Manoela não resistiu e revelou a todos sobre o novo vizinho, sua mudança noturna e o guarda-chuva às seis da tarde. Todos ficaram muito curiosos, mas um dos membros, "Caçador de Mortos-Vivos", ficou especialmente intrigado e pediu para ser mantido informado sobre o tal homem do sobretudo.

Dois dias depois, Regina contou para dona Zélia que, às terças e quintas, trabalharia para o vizinho da frente, um rapaz de 28 anos chamado Vladimir, que morava sozinho. Mesmo assim, o trabalho lá seria grande, pois a casa estava fechada havia meses e possuía vários cômodos, inclusive um porão.

Vladimir lhe pediu apenas duas coisas: que Regina não o incomodasse, caso ele estivesse em seu quarto, dormindo, e que, ao sair, não esquecesse nenhuma janela aberta.

– Ele tem um grupo de teatro e eles fazem ensaios no porão. Começam às dez da noite e vão até a madrugada. Por isso, ele dorme até tarde, acorda e já começa a se preparar pro ensaio de novo. A peça deles é essa aqui, ó – disse Regina, mostrando o *flyer* que ganhou.

– "Venha assistir *Transilvânia*, uma sanguinolenta peça de terror!" – leu dona Zélia.

– Nossa! Que sinistro! – disse Manoela, apontando para o desenho que ilustrava o folheto: uma boca aberta com dois pontiagudos dentes caninos e um filete de sangue escorrendo do canto esquerdo dos lábios. – Posso ficar com isso, Regina? – pediu.

Em seguida, já com o folheto nas mãos, Manoela entrou na internet para conhecer a página virtual do grupo. Descobriu que a peça *Transilvânia* contaria a lenda do Conde Drácula, e Vladimir seria o protagonista. Curiosamente, havia fotos de quase todo o elenco, menos de Vladimir. No lugar da sua foto, um desenho do vampiro mordendo o pescoço de uma mulher.

Nesse momento, o irmão de Manoela colocou o rosto para dentro do quarto.

– E aí, Manuzinha?

– Oi, Márcio...

– A mamãe disse que o vizinho aí da frente tem um grupo de teatro. Você tem o folheto da peça? Queria sacar qual é a dele.

– Pode pegar – disse a menina, entregando o papel.
– Valeu, tchau! – despediu-se Márcio.
Após a saída do irmão, chegou para Manoela uma mensagem. Era o "Caçador de Mortos-Vivos", que estava on-line. Manoela comentou com ele sobre a peça.
– Que estranho não ter fotos do ator principal... – observou o "Caçador".
– Você acha?...
– Ô! E ele faz justamente o papel do Conde Drácula! Você sabe quem foi o Drácula, né?
– Sei, ele morava nesse lugar aí, na Transilvânia, matava um monte de gente e bebia o sangue de todo mundo depois – respondeu Manoela.
– Pois é. Tô achando essa história muito esquisita... Melhor ficar de olho nesse cara, hein? – alertou.

Após o conselho do "Caçador de Mortos-Vivos", Manoela passou a semana inteira preocupada. Sempre que podia, observava o casarão, mas nunca via seu morador. Em uma conversa que presenciou entre Regina e sua mãe, Manoela descobriu que a diarista, mesmo trabalhando lá, também pouco avistava o patrão:
– Sabe, eu venho notando algumas coisas estranhas na casa do Vladimir...
– Coisas estranhas?! – perguntou dona Zélia. – Fala, logo, Regina!
– Assim... Ele passa a maior parte do tempo no quarto, eu quase nunca vejo esse rapaz! Quando ele acorda, me

dá "boa tarde" e desce pro porão pra organizar o ensaio do grupo... – revelou. – Será que ele nunca sai de casa?
– Provavelmente, depois que você vai embora – supôs dona Zélia. – Deve pegar o dinheiro do seu pagamento em algum caixa eletrônico à noite. Mas é estranho ele não fazer nada durante o dia... Ele não toma um solzinho?
– Eu nunca vi... Ele até colocou cortinas pretas em todas as janelas! E eu acho que a pele dele tá branca demais... Ele também pede pra eu comprar algumas coisas pra cozinhar, mas eu nunca vejo esse garoto comer. Ele diz que só tem fome à noite... Desse jeito, vai acabar ficando doente! E outra: na casa não tem um espelho, nem ao menos no banheiro! Não é esquisito?
Manoela não esperou a conversa entre as duas terminar e foi falar com o irmão.
– Márcio, você não sabe o que eu descobri! Eu tô morrendo de medo!!!
– Fala, garota.
Após ouvir o relato da irmã, Márcio fingiu preocupação:
– É, Manuzinha, se esse cara não toma sol, não come e não tem espelhos na casa, vai ver ele é um vampiro, mesmo...
– E agora?!
– Agora? O jeito é encarar a fera. Hoje à noite eu vou até lá, no casarão!
– Quê?! Tá louco?! – a garota surpreendeu-se com a notícia.
– Calma. É só pra assistir a um ensaio da peça. O Vladimir anunciou na internet, e eu coloquei o meu nome na lista de convidados. Vai ser à meia-noite.
– A mamãe não vai deixar. Ela acha o Vladimir mó estranho!
– Qual é, Manu? Não sou pirralho igual a você. Vou sair sem a dona Zélia saber. E você não vai falar nada pra ela!

Depois eu conto pra você como é a casa de um vampiro por dentro...

Mas, enquanto Márcio divertia-se com as preocupações da irmã, Manoela tinha certeza da gravidade da situação. Foi para o seu quarto e entrou na internet para contar o que sabia de Vladimir aos membros da "Seguidores do Mundo Vampiro".

O "Caçador de Mortos-Vivos" foi o primeiro a se pronunciar:

– Manoela, tudo o que você falou é coerente. Eu tenho certeza de uma coisa: o seu vizinho não faz só o papel do Conde Drácula na peça... Ele é um vampiro!

– Eu sei! E o pior: o Márcio, meu irmão, vai lá hoje assistir a um ensaio!

– Quê?! Ele vai até a casa do vampiro?! – preocupou-se o "Caçador".

– E eu não vou conseguir fazer nada pra impedir!

– Esse grupo de teatro é uma fachada... Esse cara não é ator coisa nenhuma! Seu irmão corre um sério risco! Eu espero que não aconteça o pior... Mas é bom você estar preparada e saber como agir. Você conhece a "Comunidade Estaca"?

– Não...

– É um grupo formado só por caçadores de vampiros. Entra no site deles. E me avise tudo o que for acontecendo, combinado?

– Combinado... – respondeu a menina.

Com o coração palpitando, retornou ao quarto do irmão.

– Márcio, o "Caçador de Mortos-Vivos" tá muito preocupado com você!

– Quê?!

– Ele falou que você tá correndo perigo!

– Mas quem é esse cara?! – perguntou Márcio, curioso.

– É um amigo meu.
– Ah, eu agradeço pela preocupação... – ironizou.
– É sério, Márcio! O Vladimir não é ator coisa nenhuma! Mas os membros da "Comunidade Estaca" vão me ajudar e eu vou acabar com esse vizinho!
– Manuzinha, do que você tá falando?! – assustou-se o irmão.
– Eles são caçadores de vampiros!
– Não tô gostando nada dessa história: "Caçador de Mortos-Vivos", "Comunidade Estaca"... Esse pessoal maluco é amigo seu?! – quis saber Márcio.
– Eles não são malucos!!!
– Eu vou falar pra mamãe prestar atenção nesses seus amigos virtuais. E agora dá licença, chega desse papo – disse o rapaz, saindo do quarto em direção à sala, seguido pela irmã.

Da janela, Márcio viu a movimentação do público em frente ao casarão. Para não levantar suspeitas, disse à mãe que iria cedo para a cama, com a desculpa de um teste de matemática no dia seguinte. Um pouco antes da meia-noite, certificou-se de que dona Zélia dormia, e saiu.

Manoela, que permanecia acordada, observou, da janela do seu quarto, o irmão entrar na casa de Vladimir. Em seguida, ligou o computador, conectou na internet e procurou o site da "Comunidade Estaca". Clicou no item "Dicas para eliminar vampiros" e leu: "Além da célebre estaca, que dá nome à nossa comunidade, uma boa opção é um punhal de prata cravado no coração da criatura. Depois, corte fora seu pescoço." Uau!...

Desligou o computador e deitou-se, repetindo para si mesma:
– Punhal de prata... Punhal de prata... Onde eu vou encontrar um punhal de prata?...

De repente, a menina levou um susto tão grande que se sentou na cama. Em pânico, não conseguia gritar com a cena que via: o próprio Vladimir dentro do seu quarto, pálido e com os dentes caninos à mostra.

— Você está certa, garota. Eu sou um vampiro e estou sedento de sangue. Por isso, vou matar você e toda a sua família — anunciou o vizinho. — Nos veremos em breve! Prepare-se!

Manoela acordou assustada com o pesadelo. Preocupada com o irmão, levantou-se, foi até o quarto dele, mas viu sua cama vazia. "Deve estar no ensaio... Tomara que esteja bem...", pensou. Retornou então ao seu quarto, deitou-se e, com dificuldade, adormeceu novamente.

O público presente no ensaio foi recebido por um ator, que conduziu as pessoas ao porão. O clima soturno agradou Márcio de cara: o "anfitrião" usava uma maquiagem muito branca, que o deixava assustador. O interior do casarão, propositalmente mal iluminado, tinha móveis antigos e, nas janelas, Márcio viu as cortinas pretas sobre as quais Regina havia comentado com sua mãe.

A escada que levava ao porão tinha o corrimão enferrujado; a pintura das paredes estava descascando, e alguns refletores do palco, posicionados no chão, criavam sombras quando alguém passava em frente a eles. Márcio sentou-se em uma cadeira de madeira muito antiga e aguardava, ansioso, quando, à meia-noite, ouviu uma risada sinistra.

O ator reapareceu e apresentou-se como criado do Conde Drácula, o "dono daquele castelo", narrando um fato que teria acontecido havia poucos instantes: alguns viajantes pediram para pernoitar no lugar e foram mortos pelo Conde, que sugou o sangue de cada um até a última gota. Na sequência, surgiram alguns atores, carregando outros, aparentemente desacordados, e logo saíram do palco. O criado explicou que eram empregados do castelo e levavam os corpos das vítimas para serem enterrados no jardim. A seguir, anunciou a entrada de seu patrão.

A iluminação ficou ainda mais sombria, e o Conde Drácula apareceu. Márcio sentiu um calafrio pela expressão facial e pelos gestos de Vladimir. Sua pele era impressionantemente pálida, e sua voz, cavernosa:

– Onde está meu jantar? Traga-me o jantar! – ordenou.

O criado saiu por instantes e voltou ao palco carregando um balde de alumínio e uma taça de vidro. Mostrou o conteúdo do balde a algumas pessoas da plateia – entre elas Márcio, que se surpreendeu: era um líquido vermelho e espesso que parecia sangue de verdade...

A cena seguinte causou repulsa a ele: o criado servia o líquido vermelho na taça de vidro, e o Conde bebia animadamente, fazendo comentários sobre como havia sido fácil matar aquelas vítimas ingênuas. Ao final do "jantar", Vladimir interrompeu a performance e dirigiu-se ao público:

– Agora, eu gostaria de agradecer a presença de todos e avisar que o ensaio de hoje termina por aqui. Infelizmente, nossa protagonista sofreu um pequeno acidente e precisou faltar. Mas em breve ela estará de volta, e nós avisaremos vocês. Obrigado.

O público aplaudiu, Vladimir deixou o palco e todos foram embora, exceto Márcio, que esperou no jardim do casarão para falar com o vizinho. Ao apresentar-se, contou que estudava teatro no colégio e manifestou interesse em participar do elenco de *Transilvânia*.

– Ótimo! O Conde Drácula está precisando de novas vítimas! – disse Vladimir, provocando risos no restante do elenco.

Curioso, Márcio perguntou sobre o tal acidente da atriz da peça. Para sua surpresa, Vladimir respondeu:

– Nada demais... Ela se machucou no ensaio de ontem, na cena em que eu mordo seu pescoço. Eu me empolguei um pouco e cravei os dentes com força. O pescoço dela sangrou bastante e ela desmaiou. Mas já está tudo bem. Ela vai repousar esses dias e logo estará de volta ao castelo... Digo, aos ensaios...

Intrigado com aquela resposta e com tudo o que vira, o jovem despediu-se rapidamente e foi para casa. Já em sua cama, antes de dormir, lembrou-se do ensaio:

– Puxa, o clima da peça é real pra caramba! O Vladimir parece um vampiro mesmo! – admitiu. – Se a Manu tivesse assistido, ia dizer que os amigos dela têm razão...

De manhã, dona Zélia estranhou a cara de sono do filho, que disse ter estudado até mais tarde para a prova de matemática. A caminho do colégio, contou a Manoela, muito empolgado, sobre o ensaio, e elogiou o talento de Vladimir, dizendo que interpretou perfeitamente o Conde Drácula. Ela, por sua vez, contou a ele sobre o pesadelo, provocando apenas risadas no irmão.

A menina passou o dia todo preocupada. Então, à noite, por volta das oito horas, Márcio surpreendeu a irmã e a mãe com uma informação:
— Mãe, lembra da peça *Transilvânia*, do nosso vizinho Vladimir?
— Lembro...
— Pois é, eu vou participar do elenco!
— Como... Como assim?! — perguntou Manoela, que se assustou e gaguejou um pouco.
— Os ensaios vão ser aí, no casarão...
— Espera, filho, um momento. Como surgiu esse convite?! Você foi até lá falar com ele?!
— Não, eu... Eu mandei um e-mail, disse que estava estudando teatro e queria uma chance. Aí, ele me respondeu. Eu vou fazer uma figuração, um papel pequeno...
— Não estou gostando muito dessa história. Eu nem conheço esse Vladimir! — argumentou dona Zélia.
— Mas vai conhecer logo, logo. Ele tá vindo aqui.
— O quê?! — gritou Manoela, que estava sentada no sofá e levantou-se num pulo. — O Vladimir vem aqui em casa?!...
— Eu convidei o nosso vizinho para conhecer a mamãe e falar um pouco do grupo de teatro dele — respondeu, empolgado. — Você vai ver como ele é um cara legal, mãe.
Imediatamente, Manoela correu até seu quarto e entrou na internet. O "Caçador de Mortos-Vivos" estava on-line:

Manu diz: Preciso de uma ajuda URGENTE!!! O idiota do meu irmão convidou o vampiro pra vir aqui em casa HOJE!!!
Caçador diz: Nossa, não acredito! Ele convenceu o seu irmão a fazer isso? Eu sabia que isso ia acontecer a qualquer momento! Esses vampiros têm um poder inimaginável!!

Manu diz: O Vladimir vem conhecer a minha mãe e pedir a ela pra deixar meu irmão trabalhar com ele!
Caçador diz: É claro que isso é apenas uma desculpa, Manoela. Você tem que agir rápido, antes que seja tarde demais! Você, sua mãe e seu irmão correm perigo!
Manu diz: Mas o que eu devo fazer?!
Caçador diz: Matá-lo. Imediatamente.
Manu diz: Matá-lo?!... Mas... Mas eu não... Eu não posso...
Caçador diz: Se você não fizer isso, ele vai matar vocês todos. Ou, pior: vai vampirizá-los, e vocês serão transformados em mortos-vivos, assim como ele. Passarão a se esconder do sol e beberão sangue dos outros por aí!
Manu diz: Que horror!!! Que nojo!!!
Caçador diz: Eles estão entre nós, Manoela! Você vai deixar sua família em perigo?
Manu diz: Não, eu...
Caçador diz: Você entrou no site da "Comunidade Estaca"?
Manu diz: Sim, entrei... Eu li como se faz...
Caçador diz: E o que você está esperando?!

 Nesse momento, a campainha tocou. Com o susto, Manoela saltou da cadeira e correu até a porta. A menina quase desmaiou quando viu, parado em frente à sua casa, o próprio Vladimir, com seu sobretudo preto, e pálido como nunca.
 – Não deixa ele entrar, mãe! Ele é um vampiro que vai matar todo mundo! – berrou Manoela.
 – Minha filha, o que você está dizendo?!
 – Não liga, mãe, a Manoela tá pirando... – ridicularizou Márcio, rindo do pânico da irmã.

Enquanto dona Zélia foi abrir a porta, Manoela correu para a cozinha, abriu a gaveta dos talheres e pegou a faca afiada com que Regina sempre cortava carnes.

– Meu "punhal de prata"... – disse a menina.

– Manu! – chamou Márcio, surpreendendo a irmã. – O que você tá fazendo com essa faca?!

– Por que você veio atrás de mim?! Você não podia ter deixado a mamãe sozinha com aquele vampiro!!! – gritou Manoela, que saiu correndo de volta à sala, com seu "punhal de prata" na mão.

Ao chegar, Manoela e o irmão assistiram a uma cena de horror: Vladimir estava com seus dentes cravados no pescoço de dona Zélia, que se debatia enquanto ele bebia seu sangue.

– Mãe!!! – berrou Márcio.

– Tá vendo? Eu tinha razão!!! – esbravejou a menina, paralisada pelo pavor.

Márcio correu até Vladimir e pulou sobre ele, que largou dona Zélia no chão. Manoela foi até sua mãe, para reanimá-la, mas ela já estava morta. Enquanto isso, com facilidade, o vampiro dominava Márcio: segurou-o pelos braços e mordeu fortemente seu pescoço. O rapaz caiu sem forças e suas últimas palavras, antes de morrer, foram:

– Foge, Manoela, foge!...

– Eu sabia que você era um morto-vivo!!! – falou Manoela, que se levantou, segurando firme seu "punhal de prata", com o coração disparado.

– Ora, ora... Você acredita em vampiros, garota? – questionou Vladimir, voltando-se para ela.

– Acredito... Tem um aqui, na minha frente, agora! – respondeu. Apesar do medo, ela encarava o vizinho e prestava atenção em sua pele pálida.

— Você é muito esperta... — disse Vladimir. — Pena que assiste o *Mundo vampiro*... Eu não gosto desse programa! Eles inventam muita coisa, contam mentiras a nosso respeito! Esses jornalistas não sabem nada sobre a existência dos seres das trevas! Eu sei muito mais do que todos eles! E agora — continuou — chegou sua vez, menina... Como é mesmo o seu nome? Manoela, não é isso?

Nesse momento, Manoela sentiu um frio percorrer sua espinha. Com a respiração ofegante e as mãos trêmulas, despertou do delírio e percebeu que ainda estava na cozinha. Sua mãe a chamava da sala. Precisaria enfrentar Vladimir e descobrir se ele realmente era um vampiro. Segurou firme seu "punhal de prata" enquanto imaginava o tema do próximo episódio de seu programa favorito na internet...

NÃO PERCA NA REPORTAGEM DESTA SEMANA:

Em São Paulo, uma família inteira foi morta por um vampiro que morava na vizinhança. A mãe e os dois filhos adolescentes foram atacados dentro de casa e encontrados sem uma gota de sangue. O assassino está foragido, e o casarão onde ele residia foi abandonado. É mais um mistério para a polícia, e você acompanha tudo aqui, em primeira mão, no Mundo vampiro.

Sempre gostei de histórias de vampiros, seres com vida quase eterna e envoltos em mistério: são uma espécie de mortos-vivos, alimentam-se de sangue, podem transferir sua maldição a qualquer humano e é muito difícil exterminá-los. Já assisti a diversos filmes sobre o tema, como o clássico *Nosferatu* (de 1922), o recente *Deixe ela entrar* (2008) e a versão de *Drácula*, do diretor Francis Ford Coppola, baseada no livro de Bram Stoker. Além de Stoker, vale citar outros autores, como Stephen King e Anne Rice, que também tiveram romances transformados em filmes.

Hoje em dia, tramas vampirescas fazem sucesso em séries de TV e têm espaço garantido na internet. Os dois contos que assino nesta coletânea são minhas primeiras investidas no gênero terror. Meus outros livros tratam de temas como *bullying*, preconceito social, adolescentes com pais separados e privacidade virtual. Também escrevo para teatro, faço parte de um grupo voltado à dramaturgia e já tive textos encenados. Nasci em Belém do Pará, onde me formei em jornalismo. Moro em São Paulo desde 1999.

© *Luciana de Miranda Penna*

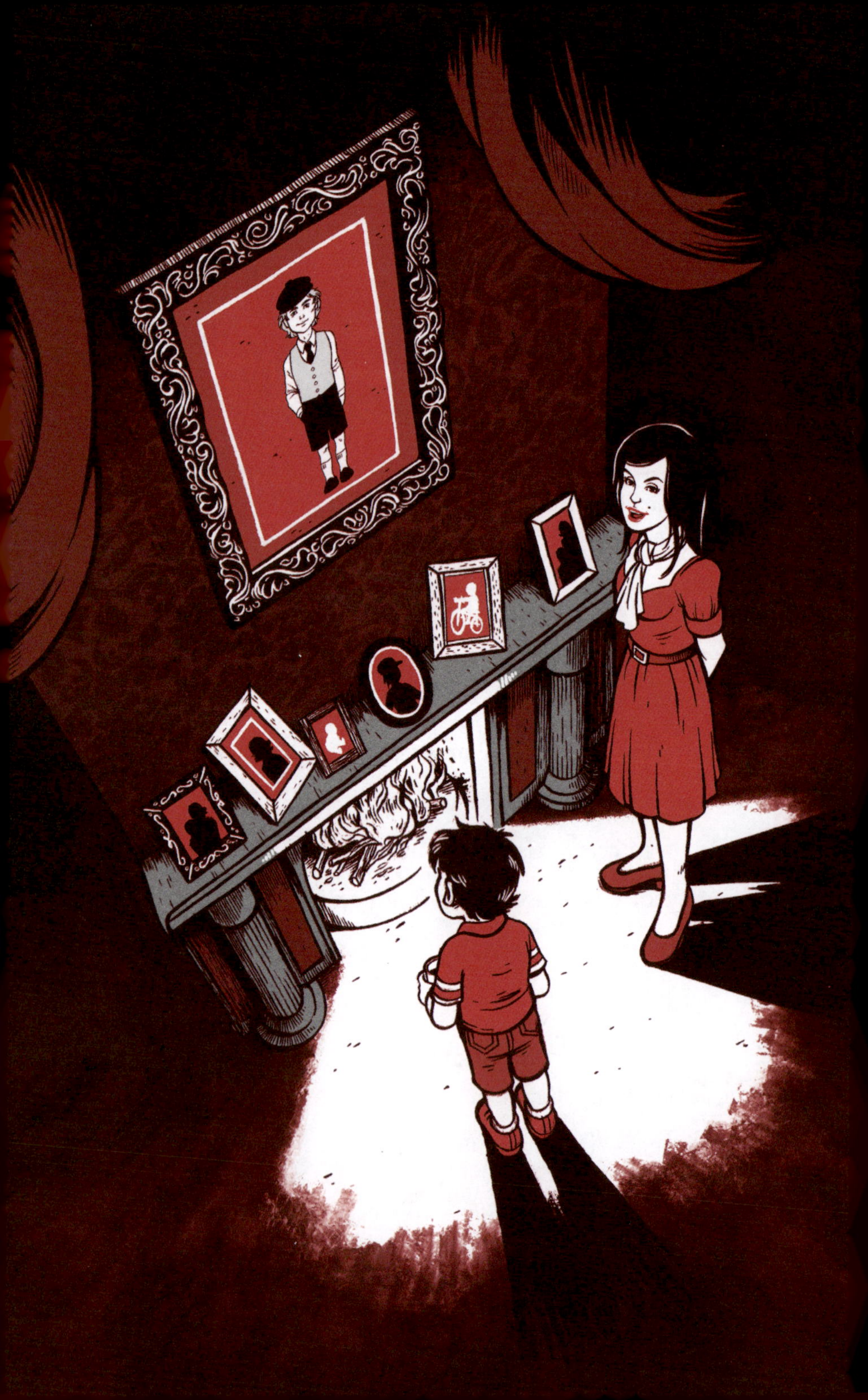

Manuel Filho

A mãe vampira

— Se você sumisse, ninguém ia sentir sua falta – berrou o irmão de Luís num momento de raiva.

Agora, quando se lembrava disso, Luís imaginava se ele teria razão. Será que perceberam o seu desaparecimento? O garoto esperava que seus pais estivessem, pelo menos, preocupados. Imaginava que não estava muito longe de casa, pois não se lembrava de qualquer viagem longa. Porém, com certeza, muitos dias e noites se passaram.

E pensar que tudo começou num supermercado...

Como de costume, naquele fim de tarde, a mãe de Luís o pegou na escola. No meio do caminho de volta, ela decidiu levar algumas coisas para casa. Ele estava cansado, mas tinha de ajudá-la a carregar as compras.

— Luís, vai pegar um lustra-móveis pra mim. Vou para a fila dos frios e você me encontra depois, rapidinho!

Lá foi ele obedecer à mãe. Olhou para fora e viu que já estava escuro; iria perder seu seriado favorito. Para piorar, não conseguia encontrar o que ela pedira. Até quis perguntar para alguém, mas, estranhamente, aquela seção estava vazia.

De repente, como se tivesse surgido do nada, ele notou uma mulher no corredor. Ela era jovem, devia ter pouco mais de vinte anos, e, ao vê-lo, deu um sorriso. Luís a achou simpática e indagou se ela sabia onde achar o tal do lustra-móveis.

– Você é mesmo um bom menino, ajudando sua mãe. Será que é isto? – disse a jovem exibindo um potinho.

– Sim – respondeu ele, contente.

– Você se parece muito com outro garoto que conheci, há muito tempo. Foi um dos mais inteligentes que já encontrei...

Então, a mãe, ansiosa, apareceu do outro lado do corredor e bronqueou:

– Mas que demora é essa, Luís? Olha aqui o produto, na sua cara.

Ele estranhou, pois realmente não o tinha visto antes na prateleira, e explicou:

– Não olhei aí. Ainda bem que a moça...

– Que moça?

Quando Luís se virou, não havia ninguém no corredor. Ficou surpreso, pois ele a perdera de vista por poucos segundos.

– Vamos embora, anda – falou a mãe.

Luís não conseguia se esquecer da jovem, mesmo a tendo visto tão rapidamente. Não dormiu bem, com pesadelos durante algum tempo.

Então, dias depois, algo aconteceu para mudar sua rotina. Num começo de noite, seu pai telefonou para avisar que alguém tinha furado os quatro pneus do carro dele e que precisaria de ajuda para resolver aquele problema; não havia hora para chegar em casa. Pediu para o filho que saísse com o cachorro. A coisa devia ser mesmo séria, pois aquela era a atividade favorita de seu pai, que nunca a delegava para ninguém.

O garoto levou o cachorro para a rua. Ao se afastarem da casa, apenas por dez minutos, Luís percebeu que havia alguém parado numa esquina. Pensou em mudar o caminho, pois não pretendia se encontrar com estranhos àquela hora da noite, mas, sem entender exatamente o porquê, prosseguiu. Quando se aproximou, a reconheceu. Era a mulher que vira no supermercado e em seus pesadelos. O cachorro rosnou para ela.

– Para com isso, Tigrão! – ordenou Luís. A mulher permanecia impassível, não demonstrando medo do cachorro, que fazia muita força para escapar. A correia acabou cedendo, e o animal fugiu em disparada. – Agora vou ter que ir atrás dele.

– Acho que vi para onde ele foi. Vem, eu te ajudo – ela então estendeu-lhe a mão. Ele não tinha a menor intenção de aceitar, mas havia alguma coisa no olhar dela que era muito convincente. Por fim, pegou na mão da moça. Achou-a muito branca e fria.

Daí em diante, as memórias de Luís ficaram confusas. Pareceu-lhe caminhar pela rua, atrás do cachorro, quando, de repente, as casas começaram a sumir, como se estivessem correndo. Ele não viu mais ninguém. Sentiu medo e tentou encontrar alguma forma de parar, mas não conseguiu. Uma força impedia que ele tivesse qualquer reação. Quando parou, viu-se diante de uma velha casa. Olhou os arredores e não avistou nenhuma outra habitação. Talvez estivesse em um sítio, pois reparou que havia um grande campo, provavelmente de pastagem.

– Preciso voltar para casa – disse ele. – Minha mãe deve estar preocupada.

– É verdade. As mães sempre se preocupam... Mas entre um pouco, apenas para tomar um copo d'água. Você não está com sede?

Sem saber o que dizer, Luís aceitou, incomodado. Ao entrar na casa, reparou que tudo estava impecavelmente arrumado. Parecia que nada ali era usado, tamanha a ordem em que se encontravam os objetos. A luz era suave, as lâmpadas, cercadas por belos ornamentos de vidro.

A moça deu-lhe o copo d'água e ele reparou nas muitas fotos espalhadas, organizadas em diferentes porta-retratos. Preso à parede, acima de uma lareira, um quadro. Quando percebeu que Luís observava a imagem, a mulher disse:

– É esse o menino de quem lhe falei, o mais educado do mundo – o garoto usava uma roupa antiga: calças curtas, colete, meias bem compridas, chapéu e gravata. – E sabe o que é o mais interessante? Você se parece bastante com ele.

Ao examiná-lo, Luís achou que, se seus cabelos estivessem um pouco mais compridos, haveria semelhança, mas, de qualquer forma, aquilo não tinha a menor importância.

– Preciso ir pra casa, está tarde...

– Ah, me desculpe – disse a mulher. – Estou um pouco cansada, não vou poder te acompanhar, e nem é seguro deixá-lo sair sozinho à rua neste horário. Vamos ligar para sua mãe e pedir para ela te buscar.

Ele gostou da ideia. Talvez ela não ficasse tão brava quando ele explicasse o que aconteceu. Desejou que o cachorro tivesse voltado para casa sozinho.

– Estranho – comentou. – Só chama, ninguém atende.

– Podem estar ocupados – disse a mulher. – Vamos fazer o seguinte: você se senta naquela poltrona para descansar um pouquinho e depois tentamos de novo, que tal?

Luís concordou. Não demorou muito e, antes que pudesse perceber, estava dormindo profundamente. Quando despertou levou um grande susto. Havia amanhecido.

– Moça! – gritou ele. – Moça! – chamou a mulher várias vezes, mas não obteve resposta. Caminhou até a porta principal, que estava trancada. Foi ao telefone, mas não havia sinal.

Seguiu à cozinha e percebeu que a mesa estava posta: havia pão, queijo, leite, manteiga, suco e até bolo. Preferiu tentar sair novamente, mas a porta da cozinha também estava fechada.

Sentiu-se aflito. Buscou chaves pelas gavetas; não encontrou. Repetiu a mesma coisa na sala e não havia nada. Resolveu, então, experimentar abrir uma das janelas da sala, mas estavam travadas, todas. Decidiu subir ao segundo andar e novamente não teve sucesso: tudo parecia lacrado.

Passou o resto do dia tentando telefonar, olhando pelas vidraças e forçando a porta. Lamentou não ter levado seu celular durante o passeio com o cachorro – havia achado desnecessário, pois era para ser algo rápido.

Acabou ficando com fome e comeu o lanche. Continuou gritando, procurando uma forma de sair da casa, porém, exausto, sentou-se no sofá e dormiu. Acordou já à noite com barulhos que vinham da cozinha. Foi até lá e reencontrou aquela mulher estranha.

– Quero ir embora – pediu. – Mas está tudo fechado, o telefone não funciona...

– Que bom que você comeu, e foi quase tudo! – ela riu.
– Acho que faltou o almoço, não foi? Não se preocupe. Vou deixar algo na geladeira para você, depois é só colocar no micro-ondas. Daqui a pouco você vai poder jantar, fique tranquilo, Claude.
– Não quero comer – falou, estranhando o nome pelo qual ela o chamou. Achou que ela tivesse se enganado. – Meu nome não é esse! Quero ir embora, pra casa.
– Mas você está em casa, querido. Fique tranquilo, vai dar tudo certo. Só não pode fazer essa bagunça que você fez. Mas eu entendo, foi o seu primeiro dia...
E assim começou o pesadelo. Estava com medo e, insistentemente, procurava uma maneira de escapar. Sua frustração era imensa, pois, por mais que tentasse, não conseguia achar um meio, uma fresta que fosse, por onde pudesse passar. Quebrou muitas coisas, e a casa, antes tão arrumada, vivia desorganizada. Luís não parava de pensar em sua família. Já tinha perdido a noção do tempo. Ao longo do dia ficava sozinho na casa; no começo da noite surgia aquela mulher, do nada. Marta era o seu nome. Ela o tratava como filho e só o chamava de Claude. Isso o irritava profundamente e, certa vez, ele a desafiou:
– Sou o Luís. Meu nome não é Claude! Esse nome é muito... feio.
Mal terminou a frase, arrependeu-se. Ela pareceu mudar de cor, seus olhos ficaram avermelhados e disse com muito ódio:
– Nunca mais fale isso, entendeu?
O garoto não conseguiu pronunciar uma única palavra, ficou apavorado. Desde então, passou a aceitar o novo nome. Até achou que ela pudesse ser louca, mas intuiu que

deveria haver alguma coisa a mais. Lembrou-se do sumiço repentino no supermercado, dos pesadelos, do encontro na rua, da casa fechada e, agora, aquela transformação. Julgou que realmente poderia estar em perigo.

Luís descobriu mais e mais fotos daquele menino que estava retratado por todos os lados: Claude. Havia algumas com Marta, mas, depois de um tempo, era como se ela tivesse desaparecido das imagens. Em várias, o menino estava com a mão curvada ou estendida, como se estivesse abraçando uma pessoa, mas não tinha ninguém ao seu lado. Luís também achou fotografias nas quais ele poderia jurar que Claude havia crescido e envelhecido, muito.

Em certa ocasião, ao despertar, Luís encontrou diante dele um conjunto de roupa. Era exatamente igual ao que Claude vestia na pintura da lareira. Ignorou-o e prosseguiu com as tentativas de fuga. Às vezes, até assistia televisão, mas rapidamente perdia o interesse, pois não conseguia entender o idioma que as pessoas falavam. Não reconhecia nada, nenhum dos canais lhe era familiar.

Então, quando Marta apareceu naquela mesma noite, ela mudou seu comportamento, mostrando-se agressiva.

– Claude, o que está acontecendo com você? – falou, observando a bagunça. – Isso é jeito de tratar o seu lar? Gostaria que você colaborasse mais e mantivesse tudo como eu sempre deixo antes de ir embora: em ordem.

Luís deixava a casa revirada todos os dias; queria escapar. Sujava a cozinha e chegou a quebrar pequenos objetos. Marta sempre consertava tudo, porém, aos poucos, ele percebeu que, cada vez mais, ela ficava impaciente e permanecia menos tempo na casa.

— Aqui não é minha casa. Quero ir embora!
— Você está muito mal-educado, Claude. E por que não vestiu a roupa nova que deixei?
— Não gosto dela — e atirou-a ao chão.
Então, novamente, arrependeu-se. Os olhos de Marta ficaram vermelhos como sangue. Ela ergueu uma pesada mesa de madeira que ficava no centro da sala e atirou na parede. Em seguida, veio em direção a ele, emanando ódio. Podia-se ver que toda a paciência e o carinho que ela havia demonstrado não existiam mais. Ela o segurou firme, encarando-o, e Luís viu quando dois dentes pontudos e afiados surgiram nos cantos de sua boca. Ele fechou os olhos e aguardou pelo pior.

Porém, sentiu que seus ombros não estavam mais sendo apertados; quando teve coragem de olhar novamente, estava sozinho, pelo menos assim parecia. Não demorou muito a chegar a uma conclusão. Algo em que não queria acreditar, mas, agora, não tinha mais como enganar a si mesmo. Marta era uma vampira.

Permaneceu quieto pelo resto da noite, torcendo para que ela não retornasse, e assim foi. Refletiu sobre tudo o que acontecera desde que chegara ali: os sumiços dela durante o dia, as fotos, Claude. Foi então que se lembrou de uma foto que havia encontrado em uma gaveta e que, de repente, unia todos os fatos. Era uma foto de Claude que trazia uma inscrição, meio apagada, em que se lia a palavra "mommy".

Era isso, pensou Luís. O garoto deveria ter sido o filho dela, de quem Marta cuidou até a morte. Em algum momento ela foi transformada em vampiro, mas não conseguiu abandonar sua criança, por isso não aparecia mais nas fotografias. Quando viu Luís, deve tê-lo achado parecido com seu filho e quis substituí-lo.

O garoto ficou com medo e decidiu que, na manhã seguinte, iria fugir, custasse o que custasse. Haveria de conseguir destruir completamente uma daquelas janelas. Tinha de haver um jeito.

Assim que amanheceu e teve a certeza de que Marta não apareceria, Luís pegou partes da mesa destruída e bateu com eles na janela. Quebrou todos os vidros, novamente, mas os vãos eram pequenos, e ele não conseguiria atravessá-los. Tamanho era o seu desespero que um caco de vidro cortou seu joelho, fazendo sangue escorrer por sua perna. Ele tratou de estancá-lo com um pano e logo voltou à sua tarefa.

Foi então que, pela primeira vez, avistou alguém, distante. Havia uma estrada de terra ao longe, e era por ela que passava o transeunte. Faltava pouco para anoitecer e uma fina garoa caía. Luís colocou sua cabeça pela fresta da janela e gritou o mais alto que pôde, mas a pessoa sequer se virou. Ele entrou em pânico, pois aquela talvez fosse sua única chance de escapar.

Teve uma ideia desesperadora. Juntou, próximo à vidraça, panos, papéis, madeira e até algumas das fotos, e ateou fogo. Esperava fazer fumaça. Atiçou aquele material inflamável de maneira perigosa, sem se preocupar se estaria colocando sua própria vida em risco.

Mas tudo foi em vão. A garoa transformou-se numa forte chuva que acabou entrando pela janela e apagou rapidamente as chamas. Marta deveria aparecer em breve, com certeza. Foi então que viu a roupa de Claude. Tinha que vesti-la. Talvez aquilo a acalmasse.

Como de costume, ela surgiu do nada. Não havia qualquer simpatia em seu rosto; estava furiosa. Ela se aproximou do local do incêndio, analisou tudo, e o garoto sentiu seu coração parar quando ela pegou uma das fotos chamuscadas. A vampira permaneceu imóvel, fria.

Porém, quando se voltou para Luís, alguma coisa aconteceu. Ela o viu encolhido num canto, com a roupa de seu filho.

– Como você está bonito, Claude. Do mesmo jeito de sempre, lindo... Meu querido.

Ela o abraçou, e Luís teve repugnância ao sentir o frio do corpo dela e a ausência de pulsação. Marta procurou aprumar a roupa em Luís, esticando as mangas, passando a mão pela camisa, ajeitando o cinto e, quando foi pegar na barra da calça, sua mão sentiu algo familiar: o sangue, que voltara a escorrer do ferimento no joelho do garoto. Marta ergueu as mãos brancas, e o menino viu quando ela observou o sangue de maneira faminta, incontrolável.

– Meu querido, não tenha medo – disse ela. – Desta vez tudo será diferente. Basta você me dizer que quer ficar comigo para sempre... Somente isso.

– Quero voltar para casa! – choramingou ele.

Então, Luís viu o olhar da mulher ficar novamente frio. Ela se aproximou, como que para lhe dar um beijo, e sussurrou:

– Vou fazer o que você quer, mas nós dois vamos ter o que desejamos.

Ele não entendeu se ela estava falando com Claude ou com ele, apenas estremeceu quando viu os dentes pontiagudos em direção ao seu pescoço. Não havia como fugir. Pensou em sua vida e, no momento em que sua família surgiu em sua mente, disse, com a voz trêmula:

– Por favor, mamãe, não me machuque!

Manuel Filho

O dente do vampiro

Não havia esperança. O sangue escorria do pescoço de Tenório. Ele fora mordido por um vampiro, que gostava de brincar de gato e rato e ver a vítima sofrer. O homem fugia desesperado para se livrar daquele monstro, mas não possuía sequer uma pequena cruz como proteção. Então... o ser saltou sobre Tenório, imobilizando-o; a vida começou a desaparecer nos dentes do vampiro. Sentiu seu corpo tremer, o suor escorrendo, as mãos crispadas no lençol; abriu os olhos, finalmente acordou.

Tenório respirou fundo, havia anos não repousava em paz. Bastava encostar a cabeça no travesseiro e os pesadelos se sucediam, um pior do que o outro. Um segredo terrível o consumia, mas sentia que precisava mantê-lo para proteger sua mulher e o filho.

Tudo começou por causa de uma infeliz amizade. Ele foi um grande amigo de Heitor, um escritor que só publicava

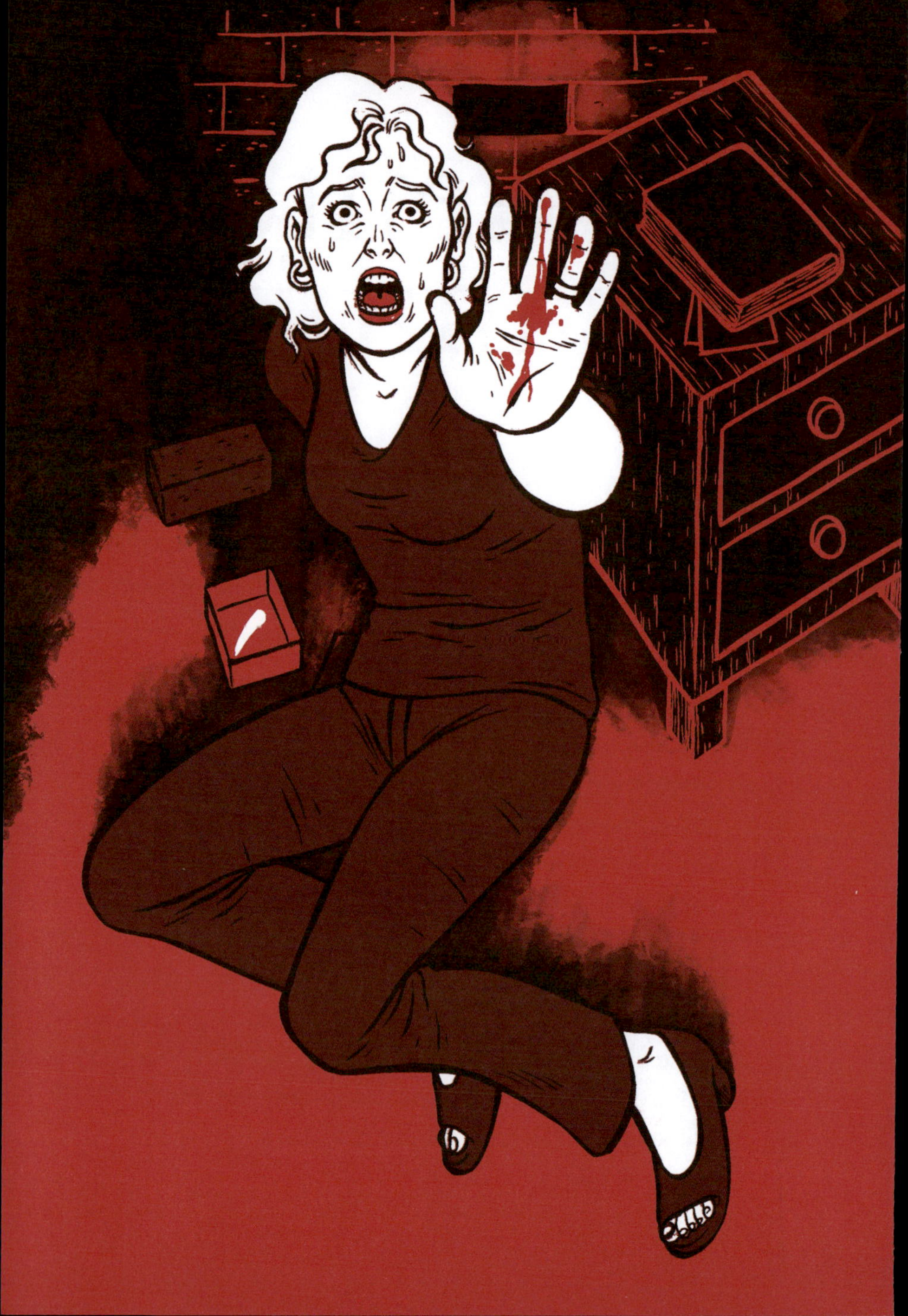

histórias de vampiros. Muitos anos antes, combinaram de ir a um bar, e Tenório foi encontrá-lo em sua casa. Tocou o interfone, mas ninguém atendeu. Procurou um orelhão e ligou para ele. Novamente não obteve resposta, mas, a distância, pôde ver que a luz do apartamento estava acesa. Enquanto ligava, teve a certeza de que alguém havia fechado a cortina. Tentou novamente o interfone e, daquela vez, a porta se abriu.

Subiu as escadas; o prédio era antigo e não possuía elevador. Ao chegar ao andar do amigo, notou que o corredor estava escuro, não havia sequer luz de emergência.

Quando ia bater à porta, ela foi aberta por alguém que ele não conhecia: um jovem muito pálido. Tenório entrou e viu Heitor sentado a uma mesa, com várias folhas de papel ao seu lado e um olhar muito assustado. O estranho logo se adiantou e disse:

– Estamos terminando nosso trabalho... – indicou uma cadeira para Tenório. – Sente-se! – em seguida, ditou para Heitor: – "Então, o escritor recebeu uma visita..." Escreva! – ordenou.

Tenório percebeu que Heitor não conseguia escrever, estava trêmulo.

– Não seria melhor continuar outra hora? Parece que ele não está se sentindo bem... – disse Tenório.

– Ele sabe que poderia estar pior – afirmou o estranho. – Preciso que ele termine logo, não tenho a noite toda.

Heitor voltou a escrever o que o homem ditava:

– "O escritor recebeu uma visita que teve uma morte horrível." – completou. – Está vendo, não faltava muito, não é mesmo? Agora, que tal ler a história para seu amigo?

– Não precisa – interrompeu Tenório, já profundamente incomodado com aquela situação. Pelas atitudes de Heitor, imaginou que estariam sendo vítimas de um assalto. – Podemos deixar para outra oportunidade – Heitor fez menção de se levantar, mas, a um gesto do estranho, foi atirado à parede.

Tenório se assustou e procurou alguma coisa para atingir o agressor, mas, de repente, o que ele viu fez com que pensasse que poderia estar num filme de terror: os olhos do homem ficaram vermelhos, e uma grande presa surgiu em cada canto de sua boca.

– É um vampiro, Tenório. Fuja! – gritou Heitor.

O monstro atacou, mas não conseguiu atingir Tenório, que, em sua queda, derrubou uma pequena cômoda, espalhando o conteúdo de uma gaveta pelo chão. Surgiu uma grande cruz de madeira, que, instintivamente, foi pega por ele para se defender.

Pela cabeça de Tenório, em poucos segundos, milhares de informações passaram: desde o fato de que não acreditava em vampiros a como se proteger deles. Mas, fosse como fosse, o vampiro atirou-se novamente sobre ele, que, ao se virar, apontou a mão que segurava a cruz. Nesse momento, algo inusitado aconteceu: ela entrou direto na boca do vampiro, de onde começou a sair fumaça.

Tenório o viu sofrendo. O único movimento que o vampiro pôde fazer foi o de se afastar e, quando fez isso, a cruz caiu, trazendo alguma coisa com ela. Então, cheio de ódio, o monstro moveu-se com fúria para um ataque certeiro. Porém, de repente, desapareceu no ar, como se jamais tivesse existido. Extremamente assustado, Tenório descobriu que Heitor havia enterrado uma estaca por trás do vampiro, que o atingira direto no coração.

– Mas o que foi isso?

— Você está bem? – perguntou Heitor, observando-o com cuidado. – Foi mordido?

— Não, mas... – quando Tenório se ergueu, percebeu o que o vampiro havia deixado cair sobre ele. Não havia como não reconhecer, pois ele vira bem de perto. Pegou-o com a mão. Era um dente, um dos dentes do vampiro.

Quando Heitor viu aquilo, mandou que ele segurasse o dente firmemente em sua mão e disse:

— Temos que sair daqui, e rápido.

Era o que Tenório queria ouvir; não aguentava ficar naquele lugar. Saíram do prédio e foram para um local próximo: uma velha igreja.

— Pronto – disse Heitor. – Aqui estamos seguros.

— Você quer me explicar o que foi que acabou de acontecer?

— Eu... acabei de matar um vampiro e eu não poderia ter feito isso.

Heitor revelou seu triste destino. Ele desejava ser um escritor de sucesso. Sempre gostou de terror, mas, por mais que tentasse, não conseguia criar uma boa história. Foi então que, certa noite, uma mulher muito branca se aproximou dele e perguntou se ele gostaria de conhecer a vida dela. Ele disse que sim, na esperança de que aquilo pudesse gerar uma boa ideia, mas rendeu muito mais, uma carreira inteira.

— Era uma vampira – lamentou Heitor. – Eu escrevi a história que ela me contou, que fez um sucesso incrível. Algum tempo depois, ela reapareceu e disse que tinha várias outras para me relatar, mas...

— Mas o quê? – interessou-se Tenório.

— Exigia seu pagamento. Eu concordei, achei que ela merecia e... Ela desejava um humano, que eu lhe entregasse uma pessoa em troca da história que ela me deu. Se eu não fizesse isso, ela iria matar toda a minha família, meus filhos, na minha frente. Entenda, não tive opção... Eles elegem algumas pessoas; basta ser muito ambicioso, egoísta... – respirou fundo. – Você vira escravo, não vai conseguir escrever nunca mais nada que eles não queiram. Eu estava louco para fazer sucesso e aceitei aquele pacto. Imaginei que, depois que eu ficasse famoso, poderia fazer o que eu quisesse. Mas não, não tinha mais controle. Passei a receber a visita de outros vampiros, todos me fazendo de escravo, e eu não podia reagir. Bastava entregar uma vítima e...

De repente, Tenório teve um mau pressentimento e perguntou, sentindo-se traído:

– Quer dizer que, quando você me chamou para ir ao seu apartamento, era para...

Heitor abaixou a cabeça e disse:

– Sim, me desculpe, por favor, me perdoe... Eu não queria, poucas vezes eu sacrifiquei meus amigos. Fiquei desesperado, sem opção. Tinha que continuar escrevendo até que me libertassem.

– E quando isso iria acontecer? – perguntou Tenório.

– Acho que só quando eu morresse – lamentou. – Eles vão querer se vingar de mim. Questão de tempo. Se eu tivesse o que você tem, eu estaria salvo.

– Mas o que é que eu tenho?

– Um dente de vampiro.

Tenório abriu a mão e viu que o dente deixara uma marca em sua palma, como uma cicatriz. Não pretendia possuir aquilo, muito pelo contrário; desejava se esquecer de tudo o que havia acontecido.

– Se é isso que você deseja, tome, ele é seu – disse Tenório, bastante nervoso e incomodado por quase ter se tornado uma vítima. – Não quero mais nada a ver com eles.

– Você não pode me dar, ele é seu! Um dente como esse é muito especial; confere imenso poder a qualquer outro vampiro que o pegar. Dobraria todas as capacidades, principalmente as do mal. Seria quase invencível. Porém, só quem o conseguiu tem permissão para ficar com ele.

– Mas o que é que eu vou fazer com isto?

– Ele é sua proteção. Estamos dentro de uma igreja, é solo sagrado... Um vampiro não consegue entrar aqui, mesmo que convidado. Mas, veja, você trouxe um pedaço, um dente de vampiro, e ele ainda está inteiro porque veio protegido por um ser humano. Agora, é seu amuleto. Nenhum vampiro, nunca, irá se aproximar enquanto você possuí-lo. E, eu te garanto, muitos gostariam de se vingar de você pelo que aconteceu hoje. Acredite em mim, sei que eles me vigiam, acompanham o que eu escrevo.

– E você? Não precisa do dente também?

– Já estou condenado, não adianta. Ao matar o vampiro, eu me destruí. Quando sairmos daqui, nunca mais vamos nos ver novamente, mas, escute, se esse dente de vampiro tiver qualquer contato com sangue humano, ele volta a ser amaldiçoado. Tome muito cuidado, não deixe que sangue encoste nele, jamais.

Tenório ficou muito inseguro por possuir tal coisa e disse:

– Não sei se vou saber lidar com isso, por favor, se algum dia o quiser de volta, venha pegá-lo. Quem sabe se eu já não estou protegido por esta marca que surgiu na minha mão. Sei que vou precisar de ajuda, não vou saber lidar sozinho com um vampiro... se ele aparecer.

Despediram-se e, de fato, nunca mais se viram. Tenório prosseguiu com sua vida e acabou se casando com Selma, uma velha amiga de escola. Algumas vezes pensou em se livrar do dente, principalmente com medo de que alguém se ferisse nele, mas, quando sua mulher lhe disse que estava grávida, ele temeu que algo de ruim pudesse acontecer à criança. Foi então que compreendeu as atitudes de Heitor para proteger a própria família.

Resolveu esconder toda aquela história e conviver com seus frequentes pesadelos. Quando lhe perguntavam que cicatriz era aquela na sua mão, ele simplesmente dizia que havia se queimado, que não era importante. Mas, para garantir, sempre andava com uma cruz no bolso.

Assim que seu filho nasceu, percebeu que ganhou novas responsabilidades. Começou a fazer hora extra no trabalho e passou a ficar cada vez menos tempo em casa. Portanto, acabou se entregando muito mais à realidade que sempre conhecera do que àquele breve momento com um vampiro. Se não possuísse o dente, muito bem guardado em sua casa, seria capaz de duvidar de que tudo aquilo realmente ocorreu.

Selma, ao contrário do marido, permaneceu cada vez mais em casa, e adorava ser mãe. Felizmente o bebê era muito tranquilo: depois de mamar, dormia por várias horas. Ela pensou em aproveitar aqueles momentos para colocar ordem nos ambientes. Aos poucos, começou a esvaziar gavetas, organizar sapatos e separar coisas para doar.

Em uma dessas arrumações, um de seus brincos caiu no chão, indo parar atrás de uma pequena cômoda. Ela puxou o móvel para pegá-lo e notou que havia algo estranho na parede: um tijolo deslocado. Tentou arrumá-lo, mas alguma coisa impedia o encaixe. Retirou-o totalmente para verificar a causa. Percebeu que havia algo no fundo, que parecia ser de metal. Enfiou a mão no buraco e puxou uma caixinha. Ficou imaginando como ela teria ido parar ali e não resistiu: abriu-a. O que viu a deixou ainda mais curiosa. Era algo levemente comprido e muito branco. Ela o pegou com todo cuidado e, ao apoiá-lo entre os dedos, percebeu que uma das pontas penetrou em sua pele, causando um leve sangramento. Sentiu dor e imediatamente o deixou cair no chão. Abaixou-se para pegá-lo e devolvê-lo à caixa. Quando se ergueu, deparou-se com algo inexplicável à sua frente e que a encheu de medo. Gritou.

No exato momento em que Selma ferira o dedo, a cicatriz de Tenório queimou e desapareceu. Intuiu que deveria retornar para casa, urgentemente. Assim que chegou, chamou pela esposa.

– Selma! Selma!

A mulher não respondeu. Ele correu até o quarto, abriu a porta e se recusou a acreditar no que via. Ao observar o quarto, vendo o móvel puxado e o tijolo no chão, soube que o pior tinha acontecido: um vampiro sugava o sangue de sua mulher. Por um instante, o olhar de Tenório cruzou com o de Selma e, no segundo seguinte, já não havia nada nos olhos dela. Estava morta.

Tenório arrancou a cruz de seu bolso e decidiu se vingar. Porém, o monstro apenas segurou o braço dele com muita força e disse:

– Você vai precisar de muito mais do que uma cruz para acabar comigo – em seguida, mostrou o dente que havia pego. – Surpreso?

Sim, Tenório estava surpreso, pois, diante dele, o vampiro era Heitor, seu velho amigo que não via há tantos anos.

– Fui atacado assim que saí da igreja naquele dia, mas não tive a morte que eu esperava. Tive um destino bem pior. Agora faço parte da maldição, sou este monstro, mas, a partir de hoje, muito mais poderoso.

– O que você fez com a minha mulher? – lamentou Tenório, aproximando-se do corpo inerte no chão.

– O sangue dela se tornou irresistível assim que se feriu com o dente. Nem precisei de convite para entrar aqui. Lembra que você me disse que eu poderia pegar o dente quando quisesse? Apenas esperei pelo momento certo.

– Você não precisava ter feito isso, eu... eu...

– Mataram toda a minha família, na minha frente...

Heitor aproximou-se do berço e ergueu o lençol para olhar a criança. Tenório levantou-se rapidamente, pegou o filho e tentou abrir a porta do quarto, mas não conseguiu.

– Não se preocupe – riu Heitor. – Não vou matar o bebê. Longe disso, vou apenas lhe dar outro destino. Com o tempo, você vai saber o que aconteceu com ele, fique tranquilo...

Dizendo isso, tomou a criança e desapareceu.

Tenório iria passar mais de quarenta anos procurando pelo filho, sem jamais encontrá-lo. Então, doente, viu na televisão do asilo em que passara a viver uma reportagem sobre um importante escritor de histórias de vampiro que chegara à cidade para uma noite de autógrafos. O escritor aparentava tristeza ao lado de seu protetor, Heitor. Ao vê-los, Tenório quis explicar aos enfermeiros o que acabara de compreender, mas o esforço foi muito grande e ele caiu morto, fulminado, sem dizer uma única palavra.

Sempre me interessei por histórias fantásticas e de assombração. Morria de medo dos filmes de Drácula com o ator Christopher Lee. Antigamente, esses filmes só passavam às altas horas da noite, e eu não podia assistir. Mas buscava por informações e detalhes, principalmente os que me deixassem com "frio na espinha". Também ficava impressionado com contos sobre a vingança dos mortos ou quando eles pediam por algum tipo de ajuda.

Com o tempo, descobri que existem outros monstros horríveis, prontos para assombrar o nosso dia a dia, como os lobisomens, por exemplo. Agora, finalmente chegou a minha vez de escrever histórias que, talvez, não sejam totalmente ficcionais. Se alguma coisa acontecer com você, eu não tive culpa, pois deixei este recado por aqui. Depois não diga que não avisei! Já publiquei mais de vinte livros e até ganhei um prêmio de literatura bem bacana, o Jabuti. Para saber mais, dê uma olhadinha no meu site: www.manuelfilho.com.br.

Manuel Filho

© Andrelina Silva

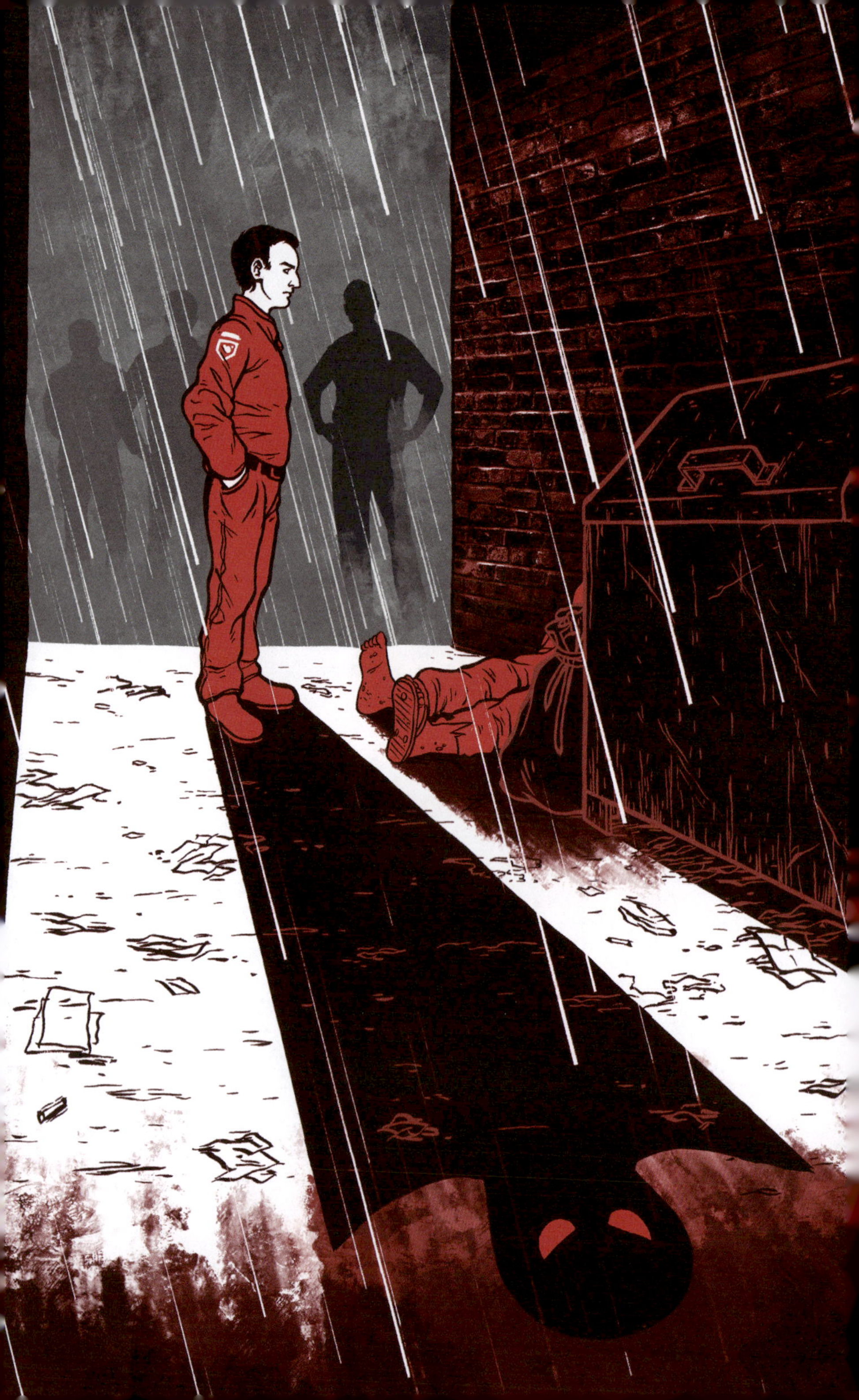

Shirley Souza

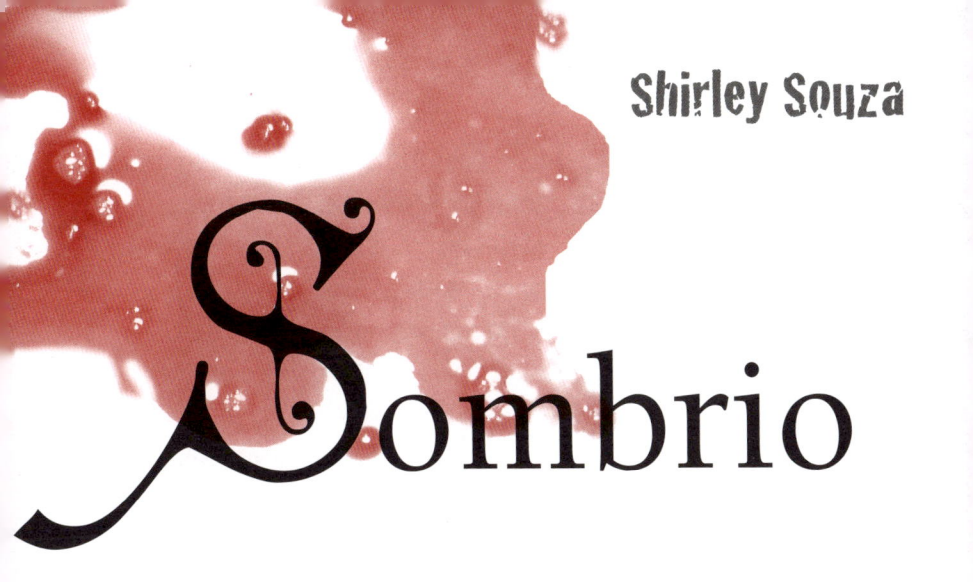

Sombrio

Choveu torrencialmente por horas, durante todo o tempo em que eu estava na rua. Agora, que cheguei em casa, calmaria... A noite continua escura, sem lua, mas seca.

Não consigo relaxar. Não há como tirar da mente o corpo degolado.

Pelo visto, enfrentarei uma nova madrugada sem dormir, graças ao nosso mais novo assassino em série, que decidiu atacar outro mendigo, mesmo com o temporal.

O que motiva um sujeito assim?

Já foram quatro mortes em menos de um mês... com a de hoje, cinco. Todas do mesmo jeito: moradores de rua, com suas cabeças decepadas. As cenas mais tétricas que presenciei ao longo de minha carreira.

O centro da cidade sempre me pareceu melancólico. Agora, com esses crimes violentos, percebo a agressividade que se escondia no cinza, na escuridão, no abandono dessa região.

O corte feito no pescoço das vítimas é preciso. A perícia afirma que, para conseguir esse resultado, o assassino deve usar um instrumento extremamente afiado e ter uma força descomunal... deve ser grande e forte... Tudo aponta para isso. Então por que minha intuição continua insistindo que estamos olhando para o lado errado? O que existia nessas cenas dos crimes que eu não vi?

A investigação torna-se mais complicada a cada novo assassinato. Parece que os jornalistas nos perseguem... Chegam praticamente ao mesmo tempo que a nossa equipe e tumultuam demais.

Esse assassino tem provocado um terremoto na mídia. Como se não bastasse a bizarrice dos casos, as cinco vítimas em um curto período, tem o fato de todos os mortos serem encontrados sem sangue. Sem uma gota sequer de sangue. Como pode? Não consigo achar uma explicação razoável.

A imprensa aposta em duas frentes. Uma aponta para um assassino praticante de magia negra, que retira o sangue para usar em seus feitiços. A outra garante se tratar de um hematófago, um assassino-vampiro. Ambas, improváveis... mas sustentam a venda de jornais, revistas, e a audiência de programas sensacionalistas.

O que me intriga é como esse maldito consegue extrair o sangue e não deixar sujeira. Não havia sinal algum, nem sequer respingos, em nenhuma das cenas... O que parece óbvio é que realiza a extração antes de degolar as vítimas. Como faz isso?

Já conversei com cirurgiões, com especialistas diversos, mas ninguém foi capaz de dar uma explicação convincente para os métodos desse sanguessuga.

Escrever me ajuda a pensar, a avaliar com mais calma tudo isso, mas não elimina essa sensação: apesar de não ter visto nada de concreto, em todas as vezes em que estive em uma das cenas do crime, senti que o assassino ainda estava presente, em algum lugar próximo, observando. Mas onde?

Agora à noite, me peguei pensando nisso novamente e cheguei a uma conclusão, que ainda não comentei com ninguém: com uma chuva daquelas, só fica na rua a imprensa, a polícia e quem não tem para onde ir. Qualquer outra pessoa chamaria muita atenção. Se o assassino realmente estava por perto, devia se enquadrar em uma dessas "categorias".

Um policial? Um jornalista? Um sem-teto?

As investigações não avançam, continuamos patinando na lama. Atolados.

Hoje voltei de metrô para casa. Mais um fim de dia chuvoso. Fiz boa parte do trajeto a pé, para observar. Nem eu sabia direito o que procurava. No meio das pessoas, notei que todos andavam apressados no centro da cidade, acelerando o passo, buscando o refúgio do metrô, do ônibus, do caminho para casa. Até os moradores de rua já estavam recolhidos sob as marquises, em grupos, escondidos em seus cobertores ou debaixo de placas de papelão... Poucos deles continuam nas ruas. Desde que os assassinatos começaram, a maioria vem procurando a proteção dos abrigos.

Os únicos que permanecem parados e acordados, ainda que dentro de seus carros, são os policiais, que supostamente garantem a segurança da região.

Com um tempo desses, não há quem aprecie caminhar. Olhando ao redor, tive a sensação de que apenas eu seguia calmamente; todos os outros, fechados em si mesmos, concentravam-se em desviar dos demais. Foi por isso que aquele sujeito chamou a minha atenção.

Enrolado em um cobertor, alguns metros à minha frente, ele andava igual a mim. Sem pressa. Ninguém parecia notá-lo. Mas eu o notei.

Por que esse cara não estava embaixo de uma marquise? Por que caminhava naquela chuva?

Assim como eu, talvez, ele procurasse alguma coisa.

Quando pensei nisso, senti que estava certo, e resolvi descobrir para onde ia aquele andarilho. Mantive a distância entre nós para que ele não visse que era seguido. Ali, nas ruas principais, isso foi fácil, devido ao grande número de pessoas que circulavam. Porém, ele desviou por travessas mal iluminadas, praticamente vazias, onde eu seria percebido rapidamente. Eu sabia disso, mas ainda assim o segui.

Foi quando ele virou em um beco que tudo ficou muito estranho. Era um dos becos sem saída do centro. Preparei-me para um possível enfrentamento. Peguei minha arma e, com cautela, aproximei-me. Não havia ninguém ali.

Examinei tudo. O sujeito não tinha onde se enfiar. Simplesmente desapareceu.

Fiz o caminho de volta em passo acelerado. Perturbado. Comecei a duvidar se tinha mesmo realizado uma perseguição, se não havia imaginado tudo. O pior foi a sensação de que eu me tornara o seguido... Mesmo correndo até o metrô, misturando-me às pessoas na estação lotada, não conseguia deixar de lado a sensação de que continuava a ser observado.

Até agora, trancado em casa, sentado aqui, na cozinha, isso persiste.

Devo estar paranoico. Só pode ser. Talvez sejam as noites mal dormidas que viraram rotina nas últimas semanas.

Troquei minha hora de almoço por um sanduíche na frente da TV. Escrevendo assim, até parece algo agradável... mas não foi. Dizendo que precisava estudar as ruas do centro para identificar áreas de risco, consegui autorização para examinar as gravações das câmeras da Polícia Militar.

Chequei os registros de ontem, final do dia... Queria identificar o sujeito que persegui.

Porém, o que consegui foi encontrar a mim mesmo, andando pelo centro solitário, até entrar nas vielas escuras, onde não há câmeras... E, pouco depois, saindo com jeito de assustado, novamente sozinho.

O andarilho que investiguei não apareceu em nenhuma das imagens. Isso deveria ser o suficiente para eu me convencer de que é hora de procurar ajuda psicológica... Imaginar coisas não é bom. Ainda mais na minha profissão.

Contudo, estou intrigado. Mesmo não vendo o suspeito nas filmagens, quero tirar a prova...

Apresentei um relatório a meu superior, identificando as ruas por onde caminhei como o ponto crítico de nossa ação. Mostrei que o policiamento intensivo não dá conta de cobrir essas vielas escuras, esvaziadas, que não contam com câmeras. Justifiquei a necessidade e a utilidade de nosso apoio civil à ação da Polícia Militar.

A proposta será analisada. No fundo, penso que as autoridades verdadeiramente não se importam com os assassinatos. Se não fosse a pressão da mídia, acho que as investigações seriam ainda mais inconclusivas... Talvez os casos fossem arquivados sem nem sequer serem investigados a fundo. Afinal, quem sente falta de mendigos em uma cidade infestada por eles? Os "cidadãos de bem" os consideram uma praga, tal qual insetos indesejáveis. Alguns colegas não escondem o apoio dado ao assassino. Comentários como "ele escolhe bem suas vítimas" ou "ele está limpando o centro" são frequentes por aqui.

Talvez por essa concordância com os assassinatos, a cara da minha equipe não era das melhores agora há pouco. Como estou nessa investigação desde o início, fiquei encarregado de organizar a ronda no centro. É, minha proposta foi aprovada. Para começar, escalei minha própria equipe para essa noite. Ninguém pareceu feliz por isso.

Infrutífera. A primeira noite de vigilância no centro serviu apenas para garantir que os sem-teto dormissem em paz.

Nos dividimos em duplas e cobrimos todas as ruas vazias, vielas escuras e becos sujos da região central. Pelo menos não choveu... Ainda assim, minha popularidade continua em baixa com meus colegas.

Preciso descansar.

Mesmo não sendo o combinado, quero estar com os policiais que formarão a equipe de amanhã. Não é meu turno, mas tenho que fazer isso. Sei que é o certo.

Graças a meu plano, saltamos de cinco vítimas para oito em uma só noite. Pior: totalizamos seis mendigos, dois policiais.

A situação agravou-se. A opinião de meus companheiros sobre o assassino mudou. Não o consideram mais um sujeito criterioso.

Isso poderia ser positivo, mas para mim não foi, já que avaliam que tenho responsabilidade pelo ocorrido, pois estava no comando da operação.

Foi tudo muito rápido.

Voltou a chover forte e faltou luz na região central. Repeti a estratégia de dividir os policiais em duplas e distribuir entre eles as ruas a serem percorridas.

O cenário não era dos melhores com aquele aguaceiro e a escuridão dominando cada recanto.

Eram quase três da manhã quando o rádio mobilizou a todos. Algo acontecera na rua 13 de Junho. A equipe deveria correr para lá.

Primeiro me senti eufórico. Pensei que meu plano daria resultado e talvez conseguíssemos solucionar o caso ainda naquela madrugada.

Foi bem diferente do que imaginei. Na escuridão da rua 13 de Junho, três corpos caídos no chão.

Fácil deduzir que os policiais haviam surpreendido o assassino enquanto ele agia.

Havia sangue para todos os lados, misturado à água que não parava de cair.

Os dois policiais haviam sido degolados e o sangue escorria em todas as direções. O mendigo estava sem sangue, como as vítimas anteriores, mas a cabeça não havia sido totalmente separada do corpo... o assassino não teve tempo de terminar o serviço. Tampouco foi cuidadoso como das vezes anteriores.

Reforços foram chamados e, rapidamente, ergueram uma tenda para proteger a cena do crime. Um gerador foi trazido para iluminar a rua. O cenário revelou-se ainda mais tétrico.

A perícia encontrou coisas estranhas, perturbadoras. No pescoço do mendigo, na parte que ainda permanecia presa ao corpo, dois furos. Como a mordida de um vampiro. Mesmo não acreditando nisso, foi inevitável fazer a comparação. Todos fizemos. Nessas horas nossas convicções são abaladas e provam que, verdadeiramente, não temos certeza de nada.

Encontraram algo duro e cortante na cabeça caída de um dos policiais. Olhando para aquilo parecia fácil dizer o que era: uma unha. Mas o que uma unha fazia ali? O assassino decepava suas vítimas usando as próprias mãos? Impossível. Tão improvável quanto a suspeita de ele ser um vampiro. No entanto, que outra explicação podíamos dar?

A conclusão mais direta era a de que um vampiro atacava a vítima e fazia a decapitação para disfarçar a mordida na jugular. Bizarro e absurdo demais.

Quando saí de lá, os corpos já tinham seguido para a autópsia. A imprensa não cedia, mesmo não havendo mais nada o que fotografar ou filmar. São como vermes devorando a carne podre!

Obviamente, o caso saiu de minha competência. Cresceu tremendamente em importância. A notícia do assassinato triplo está em todas as redes de televisão. De algum canto, vazou a informação sobre a perfuração no pescoço da sexta vítima. Até um suposto retrato falado de um vampiro, que mais parece um morcego, está sendo divulgado na internet.

Agora, as autoridades estão decididas a pegar esse assassino a qualquer custo.

Começaram a instalar câmeras em todas as ruas, vielas e becos do centro. Vigilância completa.

Não sei como não compreendem: o que conseguirão com isso? Evitar mais assassinatos? Ou pensam que ele voltará a atacar em frente às câmeras? O mais provável é que migre para outros bairros, ou para outra cidade.

Praticamente todos os mendigos foram retirados das ruas... As opções do assassino por aqui não parecem atraentes.

Preciso fazer alguma coisa antes que ele desapareça de vez.

Caro Gabriel,

Tomo a liberdade de escrever neste seu pequeno caderno de notas porque considero que isso lhe será útil daqui a algumas horas.

Saí na noite de hoje sabendo que permaneci tempo demais nessa cidade. Há dias senti que deveria partir. E partirei dentro em pouco.

Não fiz isso antes porque, desde que você me seguiu naquela noite chuvosa pelas ruas vazias do centro, percebi que poderia ser interessante continuar por aqui. Arriscado, mas tentador. Chamou minha atenção o fato de conseguir me sentir nas cenas do crime. Ler a sua mente foi prazeroso. Estava tudo ali, você havia solucionado os crimes, apenas não queria aceitar.

Desde então, venho observando-o de perto. Não sabia ao certo o que fazer contigo, até esta noite.

Gabriel, quando você decidiu se disfarçar de mendigo e deitar sob esta marquise, neste ponto onde as câmeras não atingem, com certeza não imaginou que eu sabia de tudo, que conhecia seu plano de se oferecer como uma isca e que eu aceitaria o seu convite.

Não adiantou reagir, não é, Gabriel? Não foi incompetência sua, fique tranquilo. As balas de um revólver não me ferem. Um humano nada pode contra um imortal. Logo você comprovará isso pessoalmente.

Enquanto escrevo, seu corpo se transforma. Não o matei, Gabriel. Não o ataquei para saciar a minha fome. Apenas estou cansado de seguir sozinho, escondido nas sombras.

Entre todos os humanos com quem cruzei, você me pareceu diferente. Trazia uma mente aflita, exausta, descontente com esse mundo. Por isso, lhe ofereço outro mundo... ou, pelo menos, uma forma diferente de estar nele.

Enquanto você se debate nesse canto escuro, eu o observo satisfeito. Seguiremos juntos, amigo. Em breve.

Contudo, é comum a criatura voltar-se contra seu criador.

Por isso, deixo a explicação aqui, Gabriel, por escrito. Quando você aceitar a sua nova realidade, poderemos nos aproximar.

Um último aviso: antes que o sol surja, é melhor esconder-se em um desses galpões vazios. Ainda que não acredite, aconselho-o a não arriscar a sua existência e acabar cremado pelo sol na tentativa de comprovar se é mesmo um vampiro.

Até logo, Gabriel.

Seu amigo, Damon.

Shirley Souza

Respeitável público

—Respeitável público!!! Nesta noite tão cheia de estrelas, iremos conduzir vocês aos lugares mais escuros de suas almas! Preparem-se para a viagem que The Angels irão proporcionar!

A cada espetáculo, quando Marcus terminava sua introdução, Anika entrava em cena vestida como uma princesa gótica, acompanhada por sua banda de metal sinfônico. Sua voz de cantora lírica preenchia todo o espaço, contrastando com o som pesado das guitarras e da bateria. Assim, começava a noite que em tudo seria diferente de qualquer performance que aquelas pessoas pudessem ter assistido ou viessem a ver ao longo de suas vidas.

The Angels era um grupo que excursionava no melhor estilo circense dos velhos tempos, apresentando seu show em uma tenda gigantesca, reunindo heavy metal, malabarismo, magia, acrobacias, equilibrismo, pirotecnia, destreza,

Angels

dança e dramatização. E nenhum desses era um número que podia ser classificado como normal; todos traziam algo de estranho, de bizarro, de inexplicável, fosse pelo visual do cenário ou dos artistas, pela trilha sonora ou pela atmosfera de medo que criavam.

Correntes pesadas pendiam por todos os lados, ossadas humanas bem convincentes, usadas como esculturas, instrumentos medievais de batalha e de tortura, labaredas ardiam em tons de vermelho ou azul, gritos vindos de um lugar indefinido e um intenso aroma de flores compunham o ambiente que convidava os espectadores a uma viagem pela escuridão.

O grupo tornou-se extremamente conhecido pela internet, onde uma legião de jovens fãs o acompanhava e compartilhava a experiência única que era assistir a uma das apresentações. A fama dos espetáculos obscuros cresceu, e isso atraía um público cada vez maior e mais sedento de atrações que provocassem a estranheza. E quanto mais sede as pessoas tinham, mais os artistas ousavam em seus números, desafiando o perigo, produzindo uma adrenalina que alimentava ambos os lados: a plateia e eles mesmos.

Nunca ficavam muitos dias em uma região e não possuíam uma assessoria que divulgasse previamente o roteiro do grupo. As cidades descobriam sua presença apenas quando viam a trupe chegando.

Em caminhões e caminhonetes levavam as motos para as manobras de velocidade, os instrumentos da banda de metal, os equipamentos de malabares e de equilibrismo, o cenário e a estrutura da tenda. Os artistas também seguiam na caravana, em um ônibus totalmente fechado, sem janelas, a não ser pelo para-brisa escuro. Formavam uma espécie de cortejo, que mais parecia fúnebre, por todos os veículos serem pretos, estampados com caveiras aladas e prateadas acompanhando o "The Angels" do logotipo do grupo.

Eles chamavam a atenção de todos por onde passavam, criando uma atmosfera sombria, misturada a um toque de sedução, que só a escuridão e o desconhecido conseguem ter.

Outro ponto de fascínio e motivo de debates virtuais entre os fãs era a forma como excursionavam. Se hoje apresentavam-se na América do Sul, na semana seguinte poderiam estar na Europa ou na Oceania. Como faziam isso era o que intrigava os seguidores e despertava discussões acaloradas na internet. Os artistas, sem exceção, eram atraentes, exóticos, jovens, fortes e pareciam ter uma vida incrível, livre, sem restrições de qualquer tipo, convidativa.

O resultado dessa mistura de ingredientes era óbvio: a cada parada, a trupe despertava em muitos o desejo de seguir com eles, de tornar-se um Angel.

A realidade dos integrantes do grupo era privilegiada. O dinheiro conseguido com as muitas apresentações era mais do que suficiente para uma vida confortável. Porém, não era o retorno financeiro o mais importante para eles. Aquilo que obtinham pelas estradas, entre um destino e outro, era o que mais interessava aos Angels... mas sobre isso os fãs nada sabiam.

Mesmo encontrando muitos jovens, em cada cidade, dispostos a abandonar suas vidas para seguir com eles, os integrantes do grupo eram muito criteriosos ao selecionar quem faria parte do show. Por algum motivo obscuro, nunca aceitavam pessoas dos locais onde se apresentavam, cercadas de familiares e amigos. Optavam por solitários encontrados em bares, casas noturnas, homens e mulheres mais velhos, sem família, que nem imaginavam que o grupo sequer existisse. E esses novos membros, segundo o que se dizia, ficavam nos bastidores, nunca entravam em cena.

Selena sabia de tudo isso, mas não desistia da ideia de tornar-se uma Angel – nem que fosse para cuidar da limpeza dos equipamentos. Assistira às seis apresentações que o grupo fizera em uma cidade vizinha à sua e estava prestes a ver o sétimo espetáculo. Depois desse, a temporada acabaria e ninguém sabia para qual região do mundo os Angels iriam.

Intimamente, Selena decidiu que após o show não voltaria para casa. Par iria com os artistas. Não fazia ideia de como conseguiria isso, mas esforçava-se para convencer-se de que era possível.

Não teve coragem de despedir-se dos pais como se não fosse mais vê-los, então fez como em qualquer outra noite, como se fosse voltar depois da diversão. Dessa vez, a garota seguiu sozinha. Precisava disso para conseguir o que queria.

Ao final do show, Selena entrou nos bastidores, misturando-se a outros fãs que pediam autógrafos. O coração da menina disparou quando, ao aproximar-se de Anika, foi reconhecida pela vocalista.

– Você de novo por aqui? – perguntou a cantora, sorrindo e dando à Selena seu sétimo autógrafo. – Conte a verdade... está vendendo minhas dedicatórias na internet? – brincou.

– Não, Anika... nunca! Eu não vou me separar de nenhum de seus autógrafos!

Anika sorriu e continuou a dar atenção aos outros jovens que ainda estavam por lá. Selena permaneceu próximo a ela esperando que terminasse de atender a todos. Quando um sujeito enorme e tatuado apareceu, dizendo que era hora de irem para casa, Selena percebeu que aquele era o seu momento, olhou direto para Anika e disse:

– Eu quero ir com vocês! Isso é o que eu mais desejo nesse mundo!

– Tem certeza disso? – a moça questionou com um sorriso.

– Tenho certeza. Anika, por favor, me leve com vocês. Eu faria qualquer coisa para me tornar uma Angel.

– Qualquer coisa?

– Qualquer coisa, Anika! Eu morreria por vocês.

A vocalista observou aquela adolescente por alguns instantes, quieta e com um leve sorriso nos lábios.

– Você mora aqui, nesta cidade?

– Não, moro em outra, aqui perto.

– E veio sozinha?

– Hoje eu vim, sim...

– Você sabe que iremos embora esta noite?

– Sei.

– Como partirá conosco? Não se despedirá de sua família? Você não tem família?

– Tenho pais. Eu não preciso me despedir deles, Anika. Eu preciso ir com vocês.

– Klaus – ela disse para o grandalhão que se ocupava em colocar os últimos jovens para fora da tenda –, leve essa garota para o nosso refeitório. Ela seguirá conosco.

O homem olhou para Anika de um jeito como se não entendesse, e ela reforçou o comando:

– Ela faz parte dos Angels agora... não é? – e voltando-se para a menina – Qual é mesmo o seu nome?

– Selena.
– Bem-vinda, Selena...
Em poucos minutos ela experimentou a euforia mais absoluta e o pavor mais intenso de sua vida.

Quando saiu da tenda acompanhando Klaus, não acreditava que havia conseguido, que Anika a aceitara como parte da trupe. Tinha vontade de sair correndo, pulando, gritando, comemorando. Porém, conteve-se, indo ao lado do grandalhão com um sorriso estampado no rosto e festejando sua sorte em silêncio.

Atrás da estrutura principal do circo, ficavam os veículos do grupo e uma tenda menor, que Selena deduziu ser o refeitório, pois era para onde se dirigiam. Conforme aproximava-se, a garota teve a sensação de que os gritos, ouvidos durante toda a noite, vinham de lá, e ficou com medo.

Klaus percebeu sua hesitação e colocou-se atrás dela, com uma mão sobre seu ombro, sem prendê-la, mas conduzindo-a com firmeza.

Ao entrar naquele espaço, viu várias jaulas. Devia haver umas vinte pelo menos, em duas linhas retas, formando uma espécie de corredor. Dentro de cada uma, apertavam-se cinco ou seis pessoas, todas aparentando ter mais ou menos a idade de seus pais, alguns pouco mais velhos. Algumas gritavam coisas que ela não entendia, pareciam esbravejar em diferentes línguas. Outras estavam em silêncio, como se já não tivessem esperança de serem ouvidas.

Selena foi guiada ao longo de todo o corredor, sem entender o que era aquilo e desejando sair dali. Lá na frente, havia um espaço maior, vazio, circular, como a arena do circo. Não havia mesas ou cadeiras ali, como em qualquer refeitório, apenas o chão, coberto por um linóleo impecavelmente limpo. Essa área também era toda contornada por jaulas, igualmente repletas de humanos. Ela tentou resistir, mas foi inútil. Klaus não pareceu fazer o mínimo esforço para enfiá-la ali. A garota foi trancafiada em uma jaula, com um senhor que parecia estar em choque e uma mulher de longos cabelos brancos, que não parava de chorar.

Quando percebeu, estava gritando como tantos outros, sem saber o porquê. Ao ver Anika entrando, calou-se. A presença da vocalista a tranquilizava e a fazia acreditar que nada de ruim aconteceria, afinal ela havia sido aceita como uma Angel...

Atrás dela vinham os demais integrantes da trupe em uma algazarra feliz. Anika pediu silêncio:

– Hoje ousei tomar uma decisão que contraria nossas regras. Recebi a jovem Selena, que se ofereceu para fazer parte de nossa caravana.

Todos olharam para ela sem entender. Marcus, o apresentador do espetáculo, foi quem questionou:

– Por que fez isso? Não precisamos dela, nossos estoques estão abastecidos... Por que nos arriscar assim, trazendo para cá alguém que não é sozinha nesse mundo? Ela possui família, não? Pais?

– Possui, Marcus. Porém, partiremos em algumas horas. Não temos o que temer. Lembrem-se de que iremos para a Romênia e devemos apresentar algo novo aos nossos fiéis seguidores – ela respondeu com suavidade.

O grupo pareceu concordar, e ela continuou:

– Penso que nenhum desses velhos humanos pode encantar tanto a plateia quanto a suavidade, a doçura, a fragilidade dessa adolescente. Selena me disse que é capaz de fazer qualquer coisa por nós. Não é, menina?

A garota apenas consentiu com um sinal de cabeça, sem a mesma convicção de instantes atrás.

– Então, vamos celebrar o final de mais uma temporada e o novo número do nosso espetáculo – invocou Anika, e a gritaria alegre retornou, abafando os lamentos de desespero dos aprisionados.

Anika posicionou-se no centro da arena e os demais fizeram um círculo ao seu redor. Klaus trouxe uma mulher até ela, que se debatia e gritava alucinadamente.

A cantora, com uma só mão segurou a senhora pelo pescoço e a ergueu do chão. Selena observava a cena sem compreender como aquilo acontecia, porém considerava que tudo o que via parecia a continuidade do espetáculo a que assistira tantas vezes.

Anika mordeu o pescoço da prisioneira, que, pouco a pouco, parou de se debater. Enquanto fazia isso, todos observaram em silêncio, como se estivessem em um ritual sagrado.

Quando atirou o corpo sem vida ao chão, Selena pode ver o rosto ensanguentado de Anika, seus olhos vermelhos e seus caninos longos, aumentados.

A líder do clã ordenou que servissem a refeição, e uma dúzia de humanos foi atirada no centro da arena. O espetáculo que Selena assistiu ali mostrou-se muito mais macabro do que tudo o que fora apresentado ao público poucas horas antes. Os Angels fizeram sua ceia com aquelas pessoas colhidas pelos caminhos antes de chegarem à cidade. Aqueles que seriam a refeição das noites seguintes presenciavam a morte das vítimas no jantar sangrento.

A um comando, atacaram o alimento como ratos, caindo sobre os corpos e cobrindo-os totalmente. Quando os vampiros levantaram, não havia mais vida naqueles humanos.

– Klaus, sirva a carne aos abeguares, mas só depois que eles terminarem de desmontar as tendas e guardar tudo nos caminhões. Apenas lembre-se de guardar bem os ossos... – Anika disse aquilo como se fosse qualquer ordem comum do seu dia.

Em instantes, os vampiros haviam saído e alguns homens entraram, carregaram os corpos para fora e limparam o local, não deixando qualquer sinal do que acontecera ali.

Selena não conseguia gritar, chorar, nada. Nem sequer acreditava em tudo o que estava acontecendo.

– Parece que seu destino será diferente – disse o homem que estava em sua cela.

Ela saiu daquele estado de torpor e olhou para ele sem entender nada.

– A líder do clã deixou claro que você fará parte do espetáculo – continuou. – Não será uma simples refeição para eles. Não tem com que se preocupar...

A garota não respondeu. Sentia que havia, sim, com o que se preocupar. Avaliava que não existia meio de fazer parte dos Angels do jeito como havia sonhado.

Algum tempo depois, outros homens apareceram para carregar as jaulas para dentro de um dos caminhões. Selena viu que não havia mais nada ao redor. Tudo tinha sido desmontado e guardado. Deveriam partir em breve.

Dentro do caminhão, perguntou ao homem que falara com ela antes:

– Quem são esses que fazem todo o serviço pesado? Não são vampiros, são?

— Não. Eles são humanos. São os abeguares, os monstros que comem a nossa carne! São servidores dos vampiros. Escravos fiéis. Nojentos!

Selena ficou em silêncio, pensando no quanto demorariam para chegar à Romênia, como a viagem aconteceria naqueles caminhões e o que o futuro lhe reservava naquele país distante. Na escuridão, não tinha noção do tempo que passava. Aos poucos acostumou-se a ela, como também ao alimento que recebia e ao cheiro fétido do lugar. Os abeguares recolhiam os dejetos dos prisioneiros e mantinham tudo organizado, mas as pessoas fediam de um jeito que Selena nunca havia sentido antes.

Durante o trajeto, a cada parada, alguns humanos eram retirados de suas celas e não mais voltavam. Outras pessoas, apanhadas pelos caminhos, eram aprisionadas e davam novo ânimo aos gritos de desespero.

Selena não gritava. Lembrava de ter visto a caravana chegando na região em que vivia. Nenhum som foi ouvido. Concluiu que algum isolamento acústico deveria existir no caminhão. Mas não era por saber que de nada adiantaria que Selena não berrava. Ela simplesmente não tinha vontade de reagir. Só desejava chegar logo ao seu destino.

Foi em uma noite gelada, sem lua ou estrelas, que as jaulas foram descarregadas e levadas para a tenda do refeitório. Toda a estrutura já estava montada para uma nova temporada de shows dos Angels. Os vampiros cearam em conjunto, reacendendo o desespero dos prisioneiros. Selena sentia-se resignada.

Na noite seguinte ela foi retirada de sua cela. Deram-lhe um banho e roupas novas. Por um instante Selena esqueceu-se do que realmente os Angels eram e sentiu-se feliz por se ver como um deles. Não ficaria nos bastidores. Seria levada ao palco. Mas, quando isso aconteceu, soube que precisava escapar, que nunca poderia ser uma verdadeira Angel. Desesperou-se.

Os Angels estrearam a temporada com um novo número. Enquanto dois vampiros do clã executavam acrobacias pirotécnicas e a banda tocava um metal pesado, cinco artistas entraram no palco carregando uma jovem que se debatia, vestida em roupas suaves e claras... pronta para o sacrifício. Quando a música atingiu seu momento mais intenso, o grupo atirou-se sobre a garota sufocando seu grito de terror – como ratos aglomerados sobre o alimento...

Ao final da música, *blackout*, e a multidão foi à loucura. No escuro, o corpo sem vida foi retirado da arena.

O novo número havia sido um sucesso.

Anika sorria, pensando que aquela jovem realmente tinha morrido por eles, como dissera quando entrou para a trupe. Enquanto iniciava a próxima canção, pensava que precisariam de outras jovens frágeis como Selena, dispostas a tudo pelo Angels, para repetir a apresentação.